八橋の虹

元井　美智子

三恵社

前書き

この本は江戸時代の初めに活躍した箏曲（箏や三絃（地歌三味線）の曲全般）の演奏家であり作曲家であった八橋検校について、私の憧れや尊敬の気持ちを込めた物語です。八橋検校が亡くなった年にバッハが生まれたことは小学校の音楽授業でも取り上げられますが、八橋検校についての文献はほとんどありません。彼が「平調子」を考案していなかったら今の箏曲は全く違った形になっていたと私は考えており、箏曲の基礎を作った八橋検校をひとりでも多くの人に知ってもらいたいという思いから、拙い想像力を膨らませ文を綴ってみました。読み終えたときに、少しでも箏曲に興味を持っていただけましたら嬉しいです。

なお本書では度々「盲人」という表現を使っております。「視覚障害者」としようか悩みましたが、江戸時代の雰囲気を感じて頂きたくそのままとしておりますことをご了承下さい。

目次

1．目の見えない子　（八橋検校〈幼少名〈仮〉：秀〉誕生）

五月晴れ。陽ざしが縁側に座っている老人二人を包み込んでいる。一人は三絃（地歌三味線）をつま弾いて、もう一人は目を閉じて聴いている。風がそっと吹き抜ける音、その風に着物の袖が揺れる音、木々の葉や枝が躍る音、周りの音すべてがその三絃の音と会話を始める。音だけの世界。

この三絃を弾いている老人が八橋検校その人である。

ふと目を開けると、そこは私の生まれ故郷［1］いわき。［2］

私の名前は「秀」［3］、深い森に囲まれた自然豊かな山村に生まれた。そこは新緑の若い葉が深緑の葉の間から日の光を浴びてきらめいて、山々に囲まれた平地には何軒かの家がぽつんぽつんと建っているような静かなところ。

とある一軒家。素朴なごく普通の農家である。庭先に赤子の私を抱いた女性が庭掃除をしている。

1．目の見えない子　（八橋検校〈幼少名〈仮〉：秀〉誕生）

（私は赤子に戻ってしまったようだ。）

私は水を撒く音や竹ぼうきで地面を掃く音に一つ一つに反応する。好きな音には笑み、嫌いな音には泣いたり怒ったりしていた。

（きっと母は不思議な子だと思っただろうか？）

母は日々の生活に追われ、座る暇もなく動き回っていた。

半年ほど過ぎたころ、母は私が動くもののほうを見て反応しないことに気付いた。父は

「お前に任せた。」

と言って、奥の部屋に行ってしまった。

この時代、目が見えない子どもが生まれたり生まれて間もなく失明したりする子どもはまれではなく、そういった子どもは農家にとって大きな負担であった。母はどうしたらよいものかと悩み、ハラハラと泣き崩れていた。家の支えにならないのなら、一緒に生きてはいけない時代。

（母は、私をどうやって自立させるかを考えあぐねているのだろう。家長である父は、無関心を装って何も言わなかったけれど、本当は動揺のあまり何も言えなかったのだろう。）

次の日から母はいろいろな人に相談し始めた。

こんな時頼りになるのはやはり村長様である。落ち着いた態度でゆったりと考え、一番良いと思う方法を教えてくれる。村長様は、この子は盲人の組織に所属するのが良いのではないかと考え、静かにわかりやすく説明をしてくれた。

「盲人組織［4］の歴史は長く、しっかりしていると聞いたことがある。その組織に入り修行すれば、この子も一人で生きていけるようになるのではないか。ただ、その組織に入るためには京までいかねばならないので旅のお金が要るが、そのつもりで頑張って働いてみはどうか？」

母は、まだ小さい我が子を手放すことに納得できないようだった。村長様は続けて、

「思い付きでこんなことを言っているわけではなく、私が見るにこの子はとても耳が良いし、おまえも同じように感じているのでないかな。これは天からの贈り物だと思うし、それを生かす道に進んでみたらどうだろう。このままここにいるよりは、試してみる価値はあると思う。子を思う気持ちは良くわかるが、どうだろうか。」

母は静かに聞いていた。村長様の言葉ひとつひとつをしっかりと頭に入れ、忘れないよう

に何度も繰り返している言葉が聞こえてくる。私の頭をなで、手をぎゅっと握ってきた。

しばらく沈黙の時が流れる。

その中、声を出したのは母だった。

「村長様、お話をありがとうございます。難しいことはわかりませんが、この子のために京へ行けるように、これからもっと働きます。とにかくやれることは全部やってみます。」

決して大きくはないが穏やかで力のある声で話すと、私を抱えたまま母は深々とお辞儀をして静かにそしてしっかりと立ち上がり、家に帰った。

（母は大丈夫だろうか。心臓がドクドクしている音が聞こえる。私はどうなるのだろう？）

そんな私たちの気持ちとは関係なく季節は過ぎていく。いわきの夏は短くて暖かく、蒸して湿度が高く、そしてあまり晴れない。冬はとても寒く、風が強く吹き、晴れる日が多い。一年を通して、過ごしやすい時期は短い。

変わったことといえば、母がより黙々と働くようになったこと。私を京へ連れていくお金を稼ぐため、お米はもちろんのこと、四季折々に収穫できる野菜を栽培し始めた。いわきならではの野菜は評判が良かった。いわき一本ねぎ、いわきとっくり芋、昔きゅうりなど。昔ながらの野菜は高く売れるから、より丁寧に育てる。そして、いつの時代でもそうだろうが母は強い。

（あれから母は何も話してくれないけど、なんだか聞きにくい。私はどうなるのだろう？）

母は私に風邪をひかせないことと怪我をさせないことに気を付けてくれた。目だけでなく耳まで患ってしまうことを避けなくてはといつも言っていた。近い将来旅をするのに手足が不自由では困るからとも。

この数日後、通り雨の後に〔虹〕ができたと母が教えてくれた。それはとても綺麗で7つの色の帯が橋のようにかかるとのことだった。色はわからないけれど、きっと風がふわっと吹くときの感じや川がサラサラと流れる音、虫の声のような綺麗なものなんだろうなと思った。

私は目は不自由だが、活発な子供だった。部屋にじっとしていることは苦手だったし、なんにでも興味があった。歩けるようになると、いつも音の鳴るほうへ走っていくので母はハラハラしていたと思う。母は怪我をさせまいと付きっきりで過ごしてくれたが、家事もあれば田畑の仕事もあるし、京へ行くお金も貯めなくてはならない。そんななか母は考えを変えるようになり、ある日私に言った。

「ゆくゆくは一人で生きていかなくてはならないのだから、よっぽど危ないと思わない限り、見守ることにしたよ。」

これより後、私はより深く、自由に音の世界へ入っていくことができるようになった。耳を澄まし、周りの景色を頭の中で思い描く。手で触れられるものは触り、作れるものは作ってみた。においもさまざまで、毎日が発見の連続で過ぎていく。とても楽しい、その一言であった。近所の子どもたちとも仲が良く、外での遊びにもついていった。私はみんなと毎日一緒にいたから、一人でも目が見えるように歩いたり走ったりできた。歩数で距離はわかるし、小川の水の流れや山からの風の音を聞けばどこにいるのかも大体わかった。竹とんぼがどこに飛んでいったか分からなくなった時も、どこに落ちたかが音でわかったので、そんな時は友達に頼られたりもした。目が見えないこと以外はごく普通の、真っ黒に日焼けしてよく笑う子どもだった。母ですら私が目が見えないことを忘れてしまうほどで、まわりの音を身体全部で楽しみ、その度に「今日もいい音がする。」とつぶやいた。

ある日、風がユラ〜ンユラ〜ンと渡り、草がソワリソワリとそれに応えていた。その音が重なった時、音たちが煌めきはじめ、私の心に虹がかかった。それ以降、音に深く心を動かされると「音の虹がかかった！」と口にするようになった。

そんな日々の中、母は旅のお金以外のこともいろいろと調べてくれていた。だが困ったことに、盲人の組織である当道では弟子入りしてからの食事代、小遣い、寝具に衣類など本人に必要なものは親が用意する必要があったし、師匠に心づけをする必要もあった。さらに、農民ではこの当道という組織にいれてもらえないことも分かった。さすがに旅のお金以外の工面は出来ないし、何より身分は変えられない。母はどうしたら良いのか分からず途方に暮れていた。

そんな時、村長様から私を養子に迎えて、当道に入ってはどうかというお話があった。村長様は当道の話をした責任を感じてもいるが、何よりこの子が持っているものを生かしてあげたいと話してくれた。そして、

「すぐに決めるのは難しいと思うから、しっかり考えて返事をして欲しい。」

と村長様からの言葉があり、母と私は一緒に帰ったが帰り道では二人とも黙っていた。

（村長様の子どもなら当道に入れるとは思うし、とてもありがたい話だと思う。母はどう思っているんだろう。）

その後しばらくは何も変わったことはなかったが、時折母の畑仕事の手が止まり、ふーっと大きく息を吐くことが増えた。母が泣いている声が漏れ聞こえてくる夜もあった。

母は私が6歳になった春、私を連れて野草を摘みに河原へ出かけた。そこでノビルという草を見つけて私に持たせた。

「この草の名前は、食べる時にのどがひりひりすることから来ていてね、野に生えるヒルだからノビルっていうんだ。でもそれだけじゃなくて、すっとまっすぐ、凛と育つからともいわれてるんだよ。気持ちいいくらいにまっすぐにね。お前もノビルのように育ってほしいと思っていたし、それはこれからも変わらない。同じように、お前が村長様の養子になったとしても、私の子どもであることに変りはないよね。村長様のお話は、気持ちを落ちつけて考えてみれば大変ありがたいし、他に方法も無いように思う。お前は養子になってもいいかがんばるよ。」

「うん。母様と村長様が考えてくれたことだから、きっと一番いい事なんだと思う。信じてい？」

その足で私たちは村長様のお屋敷へ向かった。

「お返事が遅くなってすみませんでした。この子を養子にして下さい。」

村長様はいつも通り静かに母の話を相槌を打ちながら聞いている。母が全て話し終わると、村長様は

「この子が私の子になっても、お前が母であることに変わりはない。何も遠慮することはないし、住むところや普段の暮らしなどは今まで通りでいなさい。当道で弟子入りしてからの支援は心配いらないから。この子の幸せを願おう。」

とゆっくりと柔らかい声で話してくれた。母は静かに涙を流しながら頷いており、黙ってはいたが心に固く強く決めたことがある様子だった。

月日は確実に流れる。ただあの日から、私への母の愛情はより大きく暖かく、深くなったように感じていた。

1．目の見えない子　（八橋検校〈幼少名〈仮〉：秀〉誕生）

私が８歳になる前の冬であった。

「お前が産まれて目が見えないと気づいた時から、ずっとお前のためにお金を貯めていたんだけどそれも良い貯えになったよ。やっとねぇ、旅のためのお金が貯まったよ。ただ馬やかごに乗るお金はないから、京までは遠いけどずっと歩いていくよ。」

母は村長様に京までの距離や宿場町のことなどを詳しく教えてもらっていた。いわきから江戸まで５６里ほど（約２００Ｋｍ）。江戸から京までだいたい１４１里（約５００Ｋｍ）。いわきから京まで歩くと６０日くらいかかるらしい。目の見えない私との旅はもっとかかるだろうから、母は９０日くらいのつもりでお金を貯めていてくれた。

「私もこの村から一歩も出たことがないから不安もあるけど、一緒に歩いていこうねぇ。」

「大丈夫、母様が一緒だから心配してないよ。」

「旅立つ季節は桜が咲いているころにしようと前から決めていたんだ。山桜の淡い桃色は心を温かく包み込んでくれるし、辛いことや悲しいことを少しだけ忘れさせてくれるからねぇ。」

春が来て旅の支度を始めると、毎日近所の友達が家に集まってきた。宝物のおもちゃを渡しにくる子、その日のお菓子のおすそ分けに来る子、支度のお手伝いをしてくれる子など、皆の気持ちがとてもうれしかった。母は、

「おまえは人様に助けてもらいながら、頑張って生きていけるかもしれない。これも仏様のご加護。ありがたいこと。」

と教えてくれた。

《振り返ってみると、いわきに住んでいた子供のころは楽しい思い出が沢山あるし、好きなだけ音と遊べた貴重な時間だったと思う。ただ、この頃は怖いもの知らずだったとも思う。無事に京に向けて出発することができたのは色々助けてくれる人がいてくれたおかげで、とても幸せだった。母が時折する溜息に申し訳ないという気持ちはあったが、それより新しいものに挑んで一人前になれるかもしれないという期待、まだ見ぬ京への旅への期待のほうが大きかった。》

2. 初めての旅

　村の外れまで、村長様や友達だけでなく、多くの村人が見送りに来てくれたのがうれしかった。天気も良く、きらめく陽ざしが母と私を包み込んでいると感じる。私は陽ざしの暖かさが気持ちよくて、上を見上げる。見えない日の光の中に差し伸べられた誰かの手を感じた。それはこれからの旅の行く先を優しく示してくれているようで、思わず微笑んでいた。

（これから音の虹がいくつかかるかな。楽しみだ。）

　それに母だけが気付き、

「この子には何かを惹き付けるものがある気がする。これからの旅も、その後の修行もどうにかなるのではないか。そう思うよ。」

と私に聞こえるように呟いた。

　目指すは摂津。京の先である。そこに三味線の弟子をとっている山野井検校さまという人がおり、まずは村長様に薦められその方を訪ねて行くことになった。いわきから摂津までは２か月以上かかる、２００里近く（７００Ｋｍを越える距離）の道のり。目の見える大人の足で、江戸まで15日ほど、さらに江戸から摂津まで40~50日の行程をもう少し日にちをかけて歩く予定だ。

先方へは手紙で私の事は伝えてあったが、まずはお会いしてから弟子として受け入れるか決めるとの返事だった。当道に入れるかどうか決まったわけではなく少し不安はあったが、山野井検校さまにお会いするためにも摂津への旅を決めた。

「さぁ、行こう。」

村のみんなと一人ずつ言葉を交わし、背を向け歩き出した。

最初の目標は水戸、いわきから水戸まではおよそ26里。目の見える人ならゆっくり歩いて4，5日もあれば行けると聞いていたが、慣れないことばかりの旅なので10日くらいかかっても構わないつもりだった。旅を始めたばかりの今日は3里も離れていない湯本宿で泊まるつもりなので、ゆっくり歩いていても大丈夫と思っていた。そんなこともあり陽のきらめきを肌で感じ、風のささやきとそれに答える草木の控えめな声を心置きなく聞きながら歩いていく。その横を母が歩く。全てが自然の中でひとつになっているかのように静かだった。

何歩歩いただろうか。私は突然しゃがみこんだ。母は驚いて覗き込むが、声はかけずにただ見守っていてくれている。私は近くの草むらの方に意識を集中し、風が静かに吹き抜けていく音とその風にそよぐ草から出る音を聞いていた。そのあいだ母はじっと待ってくれていた。母にとっては、そして私にとってもいつものことであった。どのくらいの時間が経ったのか、わからない。静かな時が流れたあと、ふっと私は振り返り母に微笑む。このとき私は珍しく口を開いた。

「ねぇ、風も草もがんばれって。今日もいい音がいっぱい。音の虹がかかったよ！」

短い言葉の中に、私は自分の気持ちを込めた。

「じゃあ、そろそろ行くかね。」

母は私の手をとり、立ち上がらせ、ゆっくり歩き出した。私は友達と外で遊ぶことが多かったので、歩いたり走ったりすることは好きだった。歩きはじめれば、ひとりでどんどん先へ行ってしまう。ざーっと歩いては、気になる音に出会うと立ち止まる。母は無理をしないで一歩一歩ゆっくり歩いていて、私たちはくっついたり離れたりしながら進んでいく。こんな調子だったので、母が思っていたよりも進み方が遅かったようで、

「90日くらいで摂津というところまで行けるかなと思ったが、無理かもしれないね。時間

はかかるかもしれないけど、それだけ一緒にこの子といられるということか。」

と呟く母の声が聞こえた。

結局、湯本宿、植田宿、関田宿、足洗宿、伊師〈いし〉宿、小木津〈おぎつ〉宿、田尻宿、助川宿、大沼宿、大橋宿、沢（あるいは佐和）宿、と多くの宿場で泊まり、12日かかって水戸に入った。私は元気に旅を楽しんでいたが、さすがに水戸に着いた日はそれまでの緊張がとけてほっとした。母も安心して疲れが出たのかしばらく動けなかったようだ。私は母に気を使わせないように部屋の窓辺に座り、聞こえてくる音に耳を傾けていた。住んでいたいわきとは違い、多くの音がバタバタとしているように感じられ、また幾重にも重なり耳に入ってくる。ずいぶんにぎやかな所だと思ったが、せっかくなので水戸に数日留まって村長に教えてもらった場所をいくつか訪れてみたいとも思っていた。夜になるとその雰囲気にも慣れてきて、

「明日はどこへ行ってみるの？」

と寝床に入ってから私が尋ねてみると母は、

「村長様に教えてもらった場所に行こうと思ってるよ。曝井〈さらしい〉［5］っていう10

００年くらい前からの湧水があるって。それとね、那須川に沿って歩いてみようか。あと馬場城［6］っていうお城も行ってみよう。お城って、その周りの空気が違う気がするから。」と話をしながら母は眠ってしまった。私は母の寝息を聞きながら、それらの場所を想像しているうちに眠りに就いた。

夜が明け、身支度をして食事を終えると早速出かけることにした。久しぶりに身軽でちょっと嬉しい。まずは曝井へ行ってみると水がこんこんと湧き出ていて、そこにいるだけで力も湧き出てくる気がする。湧水で池になった周りを歩いた後、少し大きな石の上にふたりで腰かけた。誰かがこちらへ歩いてきたので、軽く会釈をするとその人が話しかけてきた。

「ここは初めてですか？」

「はい、いわきから来ました。この子をつれて上方まで行く途中なんです。」

「ほう、それは大そうな旅ですね。この湧水を見に来るとは珍しい。せっかくのご縁ですのでここに伝わる話を聞いて欲しいのですが、いいですか？」

「ありがとうございます、ぜひこの子に聞かせてあげて下さい。」

「ではお話しさせて頂きましょう。今から１０００年以上まえに大和の朝廷から国をまとめるためにこの辺に建借間命〈たけかしまのみこと〉がやってきました。」

その人は柔らかな声で話し始めた。

「建借間命はこの近くを流れる那須川の辺りを切り開きまとめたので、朝廷に仲国造〈なかのくにのみやつこ〉として任された。大井神社［7］はこの辺りで一番古いから、そこへも行ってみてはどうだろう。その神社はここにも関わりのある所で、仲国造初代の建借間命は火の国造の家の出。火の国というのは上方よりももっと遠く、肥前や肥後のことでずいぶん遠いところ。その建借間命は歌が好きで多くの作品が残っていて、万葉集［8］にも那須郡の曝井の歌として載っているものもある。」

三栗〈みつぐり〉の　那賀に向かへる　曝井の　絶えず通はむ　そこに妻もが

「この歌は、この曝井の水が絶えないように絶えず通いたいものだが、そこに妻がいてくれたらなあ、という意味で、昔も今も人の心は同じと改めて感じるいい歌だと思う。最後まで聞いてくれてありがとう、では私はこれで。」

その人は話し終えると静かに歩いて行った。その後も、私は目を閉じてしばらく湧水の音を聞いていた。どのくらい時間が過ぎたのであろうか。私はゆっくり母に声をかける。

「さっきのお人の話はおもしろかったね。大井神社、行ってみたいけど、いいかな。」

「もちろんだよ、近くにあるみたいだからこれから行ってみよう。」

大井神社につくとまずは拝殿前に行って手を合わせ、礼をした。無の中の音、そして温かい風がふたりの顔をなでていき、ふたりを励ましてくれているように感じた。そしてきっと母も。それから静かにその場を離れた。少し離れたところで、持ってきたおにぎりを食べていると、何も言わなくてもお互いや周りの自然などと分かり合えているような、すごく満たされている気持ちになった。ふと気が付けば夕暮れになっていたので、その日は宿へ戻った。同じ宿に泊まっていることもあり、昨日よりゆっくりとした気分で今日あったことを思い出すことが出来た。こんなとき母は私に話しかけることはせず、私の気がすむまでそうっとしておいてくれる。こういった気遣いがとてもありがたかった。

次の日、少し肌寒いものの雨は降っていない。身体を冷やさないように一枚多く着込み、向かうのは馬場城。

「馬場城はわかりやすかったねぇ。少し高い所にあるし、建物が他とは違って目立っていたから。」

周辺に植えられている木々を感じながら歩き、日当たりの良いところで休憩をした。よそ者とわかって避ける者もいたが、昨日と同じように近づいてくる人がいた。母が会釈をする雰囲気を感じて私も会釈をした。するとその世話好きそうな老人は話しかけてきた。

「この辺のお人じゃなさそうですね。でもここに来るということは、この辺りのことに興味があるのですか？それは嬉しいこと。よかったらこの辺りに伝わる話をさせてもらってもいいでしょうか。」

「はい。ぜひお話をお聞かせください。お願いします。」

私は母の言葉に合わせてお辞儀をした。老人はその様子を微笑ましくみて、静かに語り始めた内容は、こんな感じだったと思う。

「この建物は４００年くらい前、平安時代の終わりころに源頼朝から土地を賜わった馬場資幹が館を建て、そのあと馬場氏（大掾氏）の子孫がここに住むことにこの馬場城のもととなった。今は水戸城と呼ばれることが多い。それから２００年くらい経った室町時代に上杉禅秀の乱［9］があって、その時に大掾氏は上杉側についたが幕府側についた江戸氏に敗れて、江戸氏が新しい城の主になった。そして今から数十年前に豊臣秀吉の小田原征伐があって、その時江戸氏は北条側についたが秀吉側についた佐竹氏に負けて、佐竹氏が城の主になった。その佐竹氏が馬場城という名を水戸城にした。佐竹氏は、関ヶ原の戦いの時に徳川氏にはっきりした態度を見せなかったため出羽国に移るように命じられてしまった。そのすぐ後に、徳川家康自身の五男・武田信吉氏が水戸城にやって来たが、次の年に子もなく亡くなってしまった。それから十男の徳川頼宣氏、十一男の徳川頼房氏と順に来て、今の水戸がある。」

「なるほど、いろんなことがあったのですね。」

「年寄りの長い話につきあってくれてありがとう。私は今の、この穏やかな水戸がいい。しばらく戦がない世になって欲しいと願っている。」

「そうですね。おもしろいお話をありがとうございました。」

私は話を聞きながらこの建物や場所にある空気の重みや人々の思いをしっかりと感じていた。深々と頭を下げ、老人の去っていく足音が聞こえなくなるまでそのままの姿勢でいた。

明日は江戸［10］に向けて出発するので、その晩は早々に床に就いた。翌日は朝早く起き、宿をあとにした。

江戸への道はいわきから水戸への道よりも賑やかで、人の歩き方も速いような気がしてその変化が新鮮に思えた。周囲の音にも変化があり休憩の時など、じっとさまざまな音に聞き入っていた。片倉宿、府中宿、土浦宿、牛久宿、我孫子宿と多くの宿に泊まり、旅にもだんだん慣れてきて、景色も楽しむゆとりが出てきた。話し方などにも変化があり、それもまたおもしろいと感じた。

江戸の入口である千住宿に着くと驚いたのは人の多さで、生まれ育ったいわきとは全然違っていた。まずは宿を決めたら水戸の時と同じようにその日はゆっくり身体を休め、数日江戸にいて浅草寺［11］や江戸城、江戸前島の辺りをゆっくり回ってみたいと思っていた。

次の日の朝、食事をしていると給仕をしてくれていた女中さんが浅草寺について教えてくれた。

「今日は浅草へ行くって聞いたので、私が知っていることを話しておきたいと思いまして。ちょっとつきあってくれますか？」

「はい、ぜひお願いします。」

その女中さんの話も面白かった。

浅草という場所は浅草寺というお寺を中心に、最近はどんどんにぎやかになってきたこと。浅草寺は、〔あさくさのてら〕と書いて〔せんそうじ〕と読むこと。その浅草寺は今から１０００年くらい前にできたこと。近くを流れている川は隅田川と呼ばれていること。むかしこの隅田川で漁をしていた兄弟の網に観音様がかかり、ふたりはびっくりしながらも、魚がたくさん捕れるようにと観音様を拝んだら沢山の魚が捕れるようになったこと。その話をきいた兄弟の主人は観音様に感謝せねばと思い、出家を決めて自分の家を寺にして浅草寺と名付けたのが始まりであること。その場所は駒形だったが、今から７００年くらい前の平将門の乱の後にこの辺りを治めることになった平公雅という人が、駒形の観音様は川沿いの崖にあって危ないからと今の浅草寺のあるところに移したこと。その後だんだんと浅草寺を中心に人が集まって来るようになったこと。今の徳川家康様［１２］も浅草は観音様が現れて下さった所で、仏様に選ばれたお寺とお考えになり、浅草寺は徳川様の祈願するお寺になったこと。

「近頃ではだんだん住む人も増えて、お参りに来る人も増えてきて。これからもっとにぎやかになって変わっていくと思います。今の浅草をよく見ておいて下さい。」と、自分のことのように嬉しそうに話して出て行った。

泊まっていた千住から浅草は近かったので、隅田川に沿って歩いていった。ここまでくる間に木々の葉が芽吹いてくる季節になっていて、若々しい黄緑色の葉が日光を浴びてきらめいていると母が教えてくれる。私はその光景をはっきりと思い浮かべる事ができた。若葉にそっと手を伸ばし、優しく包む。顔を近づけ匂いをかぐ。さわやかな匂いにほほがゆるむ。手で触っている葉のしなやかさにも力をもらう。土手に座り、川の流れを聞き、また周りを行きかう人々の足音や話し声などに私は身体を揺らしながら聞き入っていた。母はここでも私が飽きるまで待ってくれた。

人が多く出ていて、迷うことなく浅草寺に着くことができた。お参りをして周りを歩くと、食べ物屋さんやお線香売りなどたくさんのお店があってとても賑やかだった。お線香はいわきとあまり変わらない香りでほっとしたが、食べ物は種類が多くその香りでお腹がいっぱいになってしまった。宿へ戻り休憩していると、朝の人懐っこく、江戸のことをよく知っている女中が来てくれて次の日はどうするのかと聞いてきた。そしてまたいろいろと教えてくれた。はじめての場所での親切はとてもありがたく明日もこの宿に泊まりたいと思い、それを伝えると一旦部屋を出て紙と筆を持ってすぐに現れた。

「お待たせしました、明日もお泊りいただけます。それと明日は江戸城のあたりに行きたいとのお話でしたので、簡単に道を書いて差し上げようと思いまして。」

と言いながら静かに部屋に入り、ささっと書いていく。その手際の良さからきっと多くのお客にも同じように気さくに接していいのだろうことが感じられた。こういった気遣いは嬉しいものである。

　女中は書きながら、江戸城の話をしてくれた。

　江戸城のもとになったお屋敷が建てられたのは今から４００から５００年も前であること。その頃に荒川や隅田川、平川などを使って物を運ぶ仕事を取りまとめていた江戸太郎［１３］が住んでいた場所が、今の江戸城の辺りというらいわれもあること。今から２００年くらい前に太田道灌〈おおたどうかん〉［１４］が江戸城を築き、周りの町に人が集まってきて、徳川様が今の江戸城を造られたこと。

「徳川様がお越しになった頃には、江戸は田んぼや畑が多く、湊のあたりはたくさんの葦が茂っていましたが、この何年かで人が増えて橋がかけられ、随分景色が変わりました。」と、話し終えると描いた絵を渡してくれた。話を聞きながら、これから１０年、２０年経つともっと多くの人が集まって江戸は人であふれているかもしれないと思った。

「あっ。そうそう。いわきから来たって言っていましたね。いわきといえば、何年か前に江戸にあるいわき平藩のお屋敷で男の子が産まれましたよ。お名前はたしか内藤頼長様［１５］だったと思います。お会いすることはできないと思いますけど、近くまで行ってみるのもいいんじゃないかしら。」

翌朝も気持ちよく目覚め、食事をとった。いよいよ天下人のいる江戸へ行くと思うだけで心臓の鼓動が速くなる。慌てる必要もないのに、なんとなく急いで準備をして出かけた。まずは昨日教えてもらった平川の河口に行ってみた。近づくにつれて、浅草とは違う商いの活気のようなものが感じられて面白かった。海の匂いと舟の行き交う音、聞いたことのない大きな音が次々と押し寄せてくる。人の往来が少ないところで様子を伺う。私はじっと全身で人の動きを味わっていた。そこにいる大人たちは忙しく、ふたりには目もくれないが、ある子どもが、

「何してるの？」

と声をかけてきた。母は、

「旅の途中でね。初めて江戸に来たから、この湊と江戸城に行ってみたいと思って来てみたんだよ。」

「そうなんだ。この辺は昔は海で葦がはえてたってお母ちゃんが言ってたよ。名前は確か江戸前島とか言ってたかな。徳川様のお考えで、海や葦が生えてるところを埋め立てて、人が住めるようにしたんだって。それと湊を造って、舟が泊まって荷物を載せたり降ろしたり出来るようにしたんだって。それでこの辺はいっぱいお仕事ができるようになって、人が集まってにぎやかになってきたんだって。あっ、あの船は摂津から来たんだよ。家康様の命令で、佃煮の作り方や魚の取り方を教えてもらうために、わざわざ来てもらってるらしいよ。」

「摂津から来てるのかい？」

と母が驚いた声で聞き返す。

「摂津を知ってるの？とっても遠いって聞いてるよ。名前しか知らないんだけど、人がいっぱい住んでいて元気な所って誰かが言ってたよ。」

「へぇ、そうなんだ。そういえば、さっき教えてくれた佃煮ってなに？」

「佃煮ってのはね、その摂津の料理らしいんだけど。その日に捕れた魚が多くて残っちゃったときに、次の日とかでも食べられるように塩で煮たものなんだ。醤油がちょっと買えた時には醤油を入れて煮るとすごくおいしいんだ。でも醤油は高いから、めったに使えないんだけどね。」

「おいしそうだね。そのうち食べてみたいな。」

「あとね、江戸城はすっごく大きいんだ。この前お母ちゃんと見て来たんだけどほんとすごいんだよ。見上げるくらい高いし、広いんだ。中には入れないけど、周りを歩くだけでも大変だった。江戸城の周りは道もきれいだし、お侍様がたくさん歩いているよ。」

と、しゃべるだけしゃべって走っていってしまった。これも微笑ましい。子どもの足音が聞こえなくなると、私は母にたずねた。

「ねえ、湊ってどのぐらいの広さなの？船ってどのくらいの大きさなの？何艘くらいあるの？どんな形をしてるの？どんな荷物をのせてるの？船に何人くらい乗ってるの？みんなどんな着物を着てるの？」

と、いつものことだが、洪水のように質問をした。母は、一つ一つ丁寧に私の身体の大きさをたとえに船の大きさを教えてくれたり、形は絵を描いてそれを指でなぞらせたりして伝えてくれる。ひと通り私の質問に答え終わると、江戸城へ向かった。さっき子どもが言っていた通り、歩いている人や家が違うことが空気の感じからわかった。

そして江戸城が見えた時、思わず母はわっと声をあげた。私もびっくりして、

「どうしたの？」

と聞くと、

「江戸城まではまだ遠いんだけど、もう見えてきたんでびっくりしたんだよ。ぅ～ん、住んでいたいわきの村の端から村長様の家までよりももっと遠いと思う。それと江戸城がすごく大きくて驚いたんだ。村長様の家も二階があってりっぱなお屋敷だったけど、それよりも高くて大きい。天下人の住むお屋敷ってのは、すごいんだねぇ。」

「そうなんだ、すごいね。形は宿に帰ったら描いて教えてね。とにかく近くまで行ってみよう。」

と話しながら私は母の手を取り、母を引っ張りながら足早で歩いて行った。近くまで来ると、

母が江戸城の高さはこれぐらいと私の顔を上に上げてくれた。それで江戸城は見上げるほどの高さだとわかり、またびっくりした。先の子どもが話していた通り、お侍様がたくさん歩いているからと、母は私の手を取り遠慮しながら道の端を歩いた。また、教えてもらっていた通り江戸城はとても広く、周りを一周する頃には夕暮になっていた。でも折角なので磐城平藩の内藤様のお屋敷の近くへも行き、お辞儀だけして急いで宿へ戻った。この日はお昼ご飯を食べるのも忘れて歩き回ったので、お夕ご飯は一層おいしく感じられた。食べているといつもの女中が来てくれて、

「江戸はどうでしたか？」

と聞いてくれた。

「すべてが珍しくて、ゆっくり見ておりましたら帰ってくるのが遅くなってしまいました。今から江戸城の絵を描いて、この子に形を教えてあげたいと思っているんですよ。」

「なるほど、それはいいですね。」

「あと、今日佃煮っていうお料理があると聞きました。明日の朝、食べることはできますか？」

「佃煮ですね。ありますから、明日お出ししますね。ところでどこで佃煮をお知りになった

のですか？」

「平川の河口に行った時に、そこにいた子どもが教えてくれたんですよ。とっても美味しいって聞いたから、食べたくなったんです。」

「はい、とても美味しいですよ。よいお話を聞けて良かったですね。他にも何かありましたらお呼びください。」

そういうと女中は部屋を出ていった。それから母は江戸城の絵を仕上げ、絵をなぞらせて形を教えてくれた。私はその形の面白さに夢中になって、長いあいだ頭の中でいろいろと思い描き、そこに住む徳川様のお顔まで想像してしまった。旅が始まってから初めて知ることばかりだったが、この日は特にその数が多く江戸は面白いと強く思った。

翌日も気持ちよく目覚め、江戸を出るために旅の支度をした。母はいわきを出る時には一日も早く摂津へ着かなければと考えていたようだが、この頃は急ぐよりも色々な場所に行って私にたくさんのものを見せておこうと考え方が変わってきたようで、

「次は京を目指すけど、無理はしないで色んな町で川や山、お屋敷とかたくさん見ていこうね。」

と話してくれ、私はそれを笑顔で頷きながら聞いていた。

江戸から京までは45日くらいと聞いていたが、母は60日くらいで行けたらいいなと話してくれた。途中は色々なことがあり、箱根と鈴鹿の山越えはやっぱり大変だったし、言葉が通じなかったり不思議な食べ物があったりもしたが、それもまた楽しかった。

京に着いた頃は梅雨に入っていた。町は華やかで、行き交う人々にしなやかさがあった。人は多いし話し声もあちこちから聞こえてきたが全体に落ち着きがあり、いわきとも水戸とも江戸とも空気の流れ方が違うように感じた。宿に入って横になっていると、かすかに三味線の音が虫の音のように耳に届いてくる。その音が心地よく、私は目を閉じて聴き逃さないようにしていた。母は村長様に教えてもらったお寺や神社をどのように見てまわろうか、宿の人に相談していた。戻ってきた母は、ゆっくり参拝したいので5日ほどかけることにしたいと私に話しかけてきた。私は、

「京にはそんなに見るところがあるの？昔から都として栄えてきた場所はすごいんだね。でもそんなに日にちをかけてもいいのかな、お金もかかるでしょう？」

「これから修行が始まったら、しばらく自由に歩くこともできないと聞いているよ。だから

今は行ける所には全部行っておいたほうがいいと思うんだよ。」

「ありがとう。そうだね。行ってみたいな。」

私の返事を聞いて、母はすぐに宿の人に回り方など聞きに行った。しばらく母の帰りを待っていたが、旅の疲れもあり知らぬ間に眠りに落ちていた。

翌朝は雨がさらさらと降っていた。強く降ってはいないので出かけることにしたが、少し歩いただけでじっとりと汗ばんでくる。水の着物をまとっているような感覚で、私はそれも面白いと思いながら歩いていた。その日は嵐山や高山を回る予定だったが、雨なので違うところに変えようかと母に相談された。でも雨の日の山は晴れている時と違う音がするから面白いと思っていて、行先は変えないことにしてもらった。山のほうに行くと、竹藪の中で竹同士がぶつかるかーんと高い音、葉の上を水が流れる音、これらに雨の音が加わって、心地良い音がいっぱいだった。2日目は、雨も止み鞍馬山へ行った。そこでは空からあたたかい力が降りてきて自分の中に入ってくるような、不思議な感じがした。3日目は、仁和寺とその周辺を回った。それぞれのお寺で建物の形や庭園の造り方に違いがあるそうで、母はそれを私にひとつひとつ伝えてくれた。4日目は、銀閣寺のまわりと御所のあたりへ行った。最初の銀閣寺では静寂の音に包まれるのが心地よく、時間が経つのを忘れて過ごした。次の金戒光明寺は山の斜面に本坊やお墓などが並んでいて、高い所まで行くと御所が見えると母は興奮していた。5日目は、清水寺と平等院へ行った。前の日の金戒光明寺と同じく、清水寺から見渡せる京の景色はとても素晴らしいと母は感動していた。

京もこの日で最後、次の日はいよいよ摂津に向けての出発することになる。多くの場所に行っていろいろなことを感じたが、母は京が好きになったようであった。特に京のお寺を気に入った様子で、私は雰囲気しかわからなかったけれど同じよう感じていた。晩の食事の時に母は、

「この旅で、より日に焼けて逞しくなったね。無事に摂津に着けそうで嬉しいよ。」

と言ってくれた。私は母と離れることになる淋しさで悲しい気持ちになることもよくあったが、それよりもこれからの新しい生活が楽しみだった。その様子をみて母も安心してくれたのか、夜はいつもと同じようにこれまでの旅の話などをしながら眠りについた。

《京への旅は初めてのことばかりの刺激的な時間だった。ただ終わりを迎える頃になると母との別れが実感として迫ってきて、どうしようもない淋しさに心が波立つことが多かった。ただそれ以上に上方での新しい生活が楽しみで、どちらかというと明るい気分でいる事のほうが多かったように思う。この頃は幼かったから仕方がないことではあるが、自分のことしか頭になく母には申し訳ない気持ちが残っている。》

3. 弟子入り（城秀となる）

摂津についた日はいわきを旅立った時と同じようにきらめく陽ざしが温かく、私を包み込んでいることを肌で感じていた。村長様の手紙を握りしめて山野井検校さまのお屋敷に出向いたところ、先に村長様からの書状が届いていた為すんなりと山野井検校さま本人にお会いすることが許された。手続きに数日かかることもあると聞いていたので少し心配していたが、その日のうちにお会いできることになりほっとした。

山野井検校さまといろいろとお話をした後、

「ただ一つだけ。」

と山野井検校さまが話し始めた。

「書状には、この子は大変耳が良いとあった。それがどのぐらいなのか、本当に音楽の道を選んでよいのか、ちょっと確かめてみたいと思っている。いいかな。」

「はい。よろしくお願いします。」

母が声を発する前に、私が返事をした。

「良い返事じゃ。さて、私が唄うから真似してごらん。」

と山野井検校さまは唄い始めた。それはとても静かでこんこんと湧き出てくる泉のようでいて、心にあたたかさが広がるようでもあった。私と母は静かに聴き入っていたが、しばらくして唄が途切れ、思わず私は唄い出していた。はじめは緊張していて遠慮がちだったが、だんだんと楽しくなり声が大きくなっていった。子どもらしく少し細い声だったが、なめらかに唄っていく。山野井検校さまは穏やかに微笑みながら聴いていて下さることが伝わってきた。私が唄い終わると、何も言わず部屋を出ていった。私と母は、唄は失格だったのかとがっかりしていたがそこへ山野井検校さまは三味線を二丁持って戻って来て私の前に一丁置いた。

山野井検校さまが座り、

「次は三味線じゃ。これは難しいが、見よう見まねでやってごらん。母さまは私の構える姿を見て、この子が構える手伝いを頼みます。」

と言い終えると、三味線を弾き始めた。山の風景や川のせせらぎを思わせる音だった。私は山野井検校さまの奏でる音を聴きながら、母に助けてもらい三味線を構える。山野井検校さまが弾き終わり、私が弾き始めたが目が見えないこともあって撥が糸に当たらない。これを

見ていた山野井検校さまは、

「母さま、私の撥の動きが伝わるように、この子に手を添えて動かしてあげてくれるかな。」

とゆっくりわかりやすいように弾いてくれた。母は私の手を持ち必死に真似をする。音が出ると、私は嬉しさのあまり、

「わ～っ。音の虹がかかった！！」

と声が出た。一つ音が出ると、詰まりながらも先程山野井検校さまが弾いてくれた旋律をなぞっていくことが出来た。その音感と記憶力に山野井検校さまは驚いたようで私が弾き終わると、

「この子はきっと上手くなる。安心して私に任せて欲しい。」

と話してくれた。

その日は宿に戻ってふたりでの最後の夜を過ごしたが、私は明日からの生活が楽しみだったことと三味線にとても興味を持ったこともあって少しふわふわとした気持だった。母は私の荷物をまとめ自分の帰り支度をしてから眠りに就いた。

翌朝、気持ちの良い天気であった。お屋敷へ向うと山野井検校さまはふたりを迎え入れ、

「これから、この子の名前は城秀〈じょうしゅう、またはじょうひで〉とする。いいかな。」

私たちは深々と頭を下げ、

「ありがとうございます。よろしくお願いします。」

と答えた。母は山野井検校さまと城秀の兄弟子たちに丁寧に挨拶をすませると、いわきへの帰路についた。

それからの日々は山野井検校さまと兄弟子たちのお食事や身の回りのお手伝いがほとんどで、私がお稽古を受けることは多くはなかった。ただ、山野井検校さまや兄弟子たちの練習を聴く機会は多かったので、時間のある時にそれをまねることを繰り返していた。修行をはじめて一年程経ったある朝、庭の隅で三味線を練習していたところその音に気付いた山野井検校さまが声をかけてきた。

「そこで三味線を弾いているのはだれかな？」

「城秀でございます。申し訳ありません、お耳障りだったでしょうか。」

「いや。音に流れがあり、とてもいい感じだよ。初めから弾いてみてごらん。」

その言葉が嬉しく、私は一生懸命弾いた。

「うんうん。なかなかいいね。何曲くらい弾けるようになったかな？」

「兄弟子がお稽古している曲はたいてい弾けます。」

「なんと。城秀は音楽が好きか？三味線は好きか？」

「はい、大好きです。弾いていると時間を忘れますし、幸せになります。」

「そうか、そんなに好きか。ならこれからは時間のある時に私のお稽古を聴きに来なさい。それから、石村検校さまと虎沢検校さまのところにも出入り出来るように話をしておくから、ゆくゆくはふたりが弾いている曲も身につけておきなさい。」

と言って、山野井検校さまは上機嫌で部屋へ戻っていった。

　その日から私は山野井検校さまのお稽古を聴けることになり、一度聴いたら忘れないという私の特技もあって一層色々なことを身につけるようになっていった。

　ある日山野井検校さまはお稽古が終わると、話し始めた。

「城秀や、そこにおるかな？」

「はい、ここにおります。今日も聴かせていただき、ありがとうございました。」

「前に話した通り、石村検校さまと虎沢検校さまにお前のことを伝えたところ、ふたりとも聴きにおいでと言ってくれたよ。だから時間のある時は行っておいで。ただしここでの仕事は手を抜いちゃいけないよ。」

「ありがとうございます。仕事もお稽古も一層励みます。」

山野井検校さまのお言葉とやさしさがありがたく、その日から益々稽古に励んだ。誰よりも早く起き、まず音をひとつひとつ確かめる。音の高さ、音の色を弾き方を変えながら確かめていく。その練習を終えて山野井検校さまや兄弟子たちへの朝のご挨拶や食事などが終わると、また三味線を構える。新しい曲を記憶を辿りながら自分の中に描いていく。いわきにいた頃に木の葉の風のざわめきから話を作ることを楽しんでいたように、音の流れに物語を作り覚えていく。夜になり皆が床に就く頃、また三味線の練習を始める。この時は今までに覚えた曲を弾いてみることもあるし、心のままに音を奏でることもあった。こういったことの繰り返しの日々ではあったが飽きることはなく、気が付けば多くの曲を身に着けていた。

この時、同じ門下に加賀都〈かがのいち〉さまがいた。私の静かに包み込むような音とは対照的に、彼の奏でる三味線の音は時として激しく、体に電流が走るようだった。私がはじめてその三味線を聴いたのは山野井検校さまに弟子入りしたころで、心不乱に奏でる力強い演奏に感動し、初めはまねをしようと必死になった。ただしばらくして加賀都さまと同じことは出来ないと気づき、私は自分の音を大切にしようと考えるようになった。その後ふたりはお互いの個性と良さを認め合い、励まし合って稽古に励んでいった。こういった友がいることは幸せなことであるし、競い合いながら高めあえる、そんな関係の加賀都さまが近くにいてくれて良かったと思う。修行を始めて3年も経つ頃には、摂津に加賀都と城秀の二人の座頭の三味線名手あり［16］と称されるようになった。それからの数年の間、上方では私たち二人の右に出る者はなかった。やがて、加賀都さまは自分の流派である柳川流をおこし家元となった。それは私にとって突然の出来事で、先を越されてしまったことが悔しく、悲しかった。

私も追いかけるように三味線の八橋流をおこしたが、先に流派を作り活動を始めた加賀都さまに追いつくことは難しく、注目され多くの賞賛を受けるのはいつも柳川流であった。私が必死に演奏をしても状況は変わらず、迷い悩む日が続いた。ある日、珍しく町へ出て茶屋で休憩していると、周りの人たちの会話が耳に入ってきた。それは江戸の話で、近ごろは江戸も人が増えてきていること、そして人が集まることで新しい文化ができてきていることと

いう内容であった。この話を聞いて
（ひょっとしたら新しい文化ができつつある江戸でなら私の八橋流を認めてくれるのではないか。いやいや、そんなにうまくいくとは限らない。なによりここから逃げずに自分の音楽を高めるべきではないか。）
と思い悩んだ。

《摂津では本当に多くのことを学ぶことができ、山野井検校さまをはじめとして兄弟子たちやその他多くの方々にお世話になった。当道という組織に入ることには少し不安もあったが、いろいろな方々の手助けのおかげで充実した日々を過ごすことができた。

このころ私の中で加賀都さまの存在はとても大きく、その才能を認めつつも嫉妬しているという難しい気持ちだった。ただ彼のことは音楽も含めて本当に好きだったので、そんな風に思ってしまう自分が許せないという気持ちもあった。周りの人に認められたいという欲、自分が一番になりたいという欲に振り回されていた一番苦しい時だった。》

4. 江戸へ

しばらく月日が流れた２０歳の春、江戸から手紙が届いた。それはいわき平藩の内藤忠興様からのもので内容は、

【いわき出身の城秀が上方で三味線の名手として名が通っていると聞いた。扶持を与えるので、江戸へ来て欲しい。】

というもったいなくもありがたいものであった。いろいろ悩んだがせっかくお声がけ頂いたこともあり、お受けしたいと返事を出してもらった。そしてその手紙を追いかけるように江戸へ向かった。一度通ったことのある懐かしい道ではあるが、この時はわき目もふらず歩き続けひと月ちょっとで江戸へ着いた。

宿を決めると、内藤忠興様の屋敷へ着いた旨の手紙を届けてもらった。するとすぐに返事が届き、明日来るようにとのことだった。期待と不安で眠れない夜を過ごし、気付くと朝を告げる鐘の音が聞こえていた。早々に身支度をして約束の時間に内藤忠興様のお屋敷に行き、しばらく待っていると内藤忠興様がご子息の頼長様と現れ、先の手紙の内容をもう一度丁寧

に話をしてくれた。

「手紙でも伝えたが、改めてここで話をしておきたい。これからは江戸に住み、呼んだ時には必ず来て、三味線の演奏をして欲しい。その代わり住む家や食事、身の周りのものなどはこちらで用意させてもらうし、生活に必要なお金も出そう。それとこの後昇進していく為のお金や楽器に必要なお金も準備しよう。」

「ちょっとお待ちください。それは私が生きるために必要なお金はすべて用立てて下さるということですか？」

「そうだ。あと、ここにいる我が子は詩や音楽がとても好きだから、三味線を教えてやって欲しいと思っている。」

「まことにもったいないお言葉、ありがたくお受けさせて頂きます。ただ、ひとつお聞きしてもよろしいでしょうか？」

「もちろん。気になることはなんでも聞いてくれ。」

「上方にて懸命に修行して充実した日々を過ごして参りましたし、それに嘘偽りはございません。ただ、私はもとはといえば貧しい農家の出でございます。上方での修業ができたのも、生まれ故郷のお心の優しい村長様が養子にして下さり、上方で必要なお金を用立てて下さったからなのです。そんな私を内藤様は江戸にお呼び下さいました。夢のようなことに感謝しかございませんが、なぜ私のような者にこのような機会を下さったのか、不思議でなりません。もしよろしければ、理由をお教えいただけないでしょうか？」

「そうだな、では少し話をしよう。私は音楽や絵に興味があるし、楽しみで少し嗜んでもいる。また、この子もそれらを好きなようだ。これからの世は、戦うばかりの時代ではなくなって欲しいと願っているし、きっと戦いは減っていくだろうとも思っている。そうであるとしたら、音楽や絵などの嗜みは豊かな生活に欠かせぬものになるだろうと思い、いわきの者たちに優れた者がいたら教えてくれるように頼んでいたのだ。その中であなたの名前が挙がったので、本当に良き腕をもっておるのか調べさせてもらったところあなたの評判はとても良く、私は宝を見つけたような気持であった。だから城秀、この話はあなたの精進が引き寄せたものであり、なんの遠慮もいらない。そしてこれからはより一層音楽に精進し、私たちにもそれを分けて欲しいと思っている。」

私はこの話を聞いて、改めてありがたく思うと同時に一層修行に励もうと誓った。そのあとお茶をごちそうして頂くことになり、準備してくれる様子を聴いていた。近頃は音楽以外にも興味が広がり、どのような道具でどんなことをするのか知りたいと思ったが、目が見えないために自分だけで理解することは難しい。そのことがもどかしいと感じていたが、静寂の中少し張り詰めた空気が漂っていて言葉を出すこともためらわれる雰囲気だったためそのまま待っていると、

「抹茶というお茶は飲んだことがあるかな？まずはこのお菓子を食べてから抹茶を。」

と言って、お菓子を手に置いてくれた。一口、口に入れた。これまでに食べたことのない程に甘くて柔らかいものが口に入った。世の中にこんなに美味しいものがあるのかと驚いた。お菓子を食べ終わると、抹茶の入った碗を手に持たせてくれた。「ゆっくりと飲んでごらん。」と促されるままに、お茶碗を傾け飲んでみる。苦い。でも先に食べたお菓子の甘さが口の中に残っているので、その苦さにも嫌味がなくおいしい。音ではないけれど、この時は身体に虹がかかった。

「このように甘くておいしいお菓子そしてお抹茶なるものは、初めて頂きました。とても美味しいです。身体に虹がかかりました。」

「ほう。これはおもしろいことを言うね。普段虹がかかったということをよくいううのかな?」

「素敵な演奏を聞きました時、楽器を弾いて良い音が出た時、そして周りから聞こえてくる音に心が動かされた時などに、音の虹がかかったと口にすることがございますがめったにあることではございません。」

「なるほど。では後程、あなたの演奏で私の心にも音の虹をかけてもらいたい。」

「はい。今までで一番の演奏となるように、そして内藤様のお心に音の虹がかかりますように弾かせていただきます。」

「うん、それは楽しみだ。」

「その前にもう一つお聞きしたいのですが、このお椀は何で出来ているのでしょうか? 木では無いように感じます。」

「これはやきものといってな。土で形を作り、薬を塗った後に焼いてできた器だ。触り心地が木とは随分違っていて、気に入っておる。また、これからどんどんお菓子も新しいものが作られるだろう。そして音楽もそうであって欲しいものだ。」

お茶を楽しんだ後は三味線を演奏した。まず一曲。内藤様がうなずいていらっしゃるのか、曲に合わせて着物が擦れる音が聴こえた。演奏が終わると、

「私にも音の虹がみえたよ。とても柔らかくて気持ちの良い音で心が明るくなった。ずっと聞いていたくなる演奏だ、次は何を弾いてくれるのだ。」

とたいそう気に入って下さり、何曲弾いたのかわからなくなる程弾き続けた。

夜も更けてきた頃、内藤様が

「そういえば、肥前だか肥後のほうから、お箏という楽器を弾く人が来ているらしい。なかなかきれいで心がほっくりする音と聞いている。一度聴きに行ってみたらいい。」

「初めて聞く名前です。おこと、ですね。明日行ってみます。」

と答えると、お箏を弾くという人がいる店を教えてくれた。

この日は内藤忠興様と初対面ではあったが、いろいろなお話をさせて頂き、また三味線も聞いて頂くことができ、これからの江戸での生活が楽しみになるような時間であった。

翌日、早速私は教えてもらった場所を訪れた。そこは三味線も扱っている楽器店で、三味線の糸も欲しいと思っていたので、

「ごめんください。お三味線の糸を買いたいんですが、」

と声をかけてみたところ、

「はーい。すぐ行きますので、少しお待ちください。」

と、しゃべりながら小走りで近づいてくる足音が聞こえてきた。その小気味よい足音を心地よいと感じながら、お店の人が来るのを待った。

「いらっしゃいませ。あら、初めてのお客様ですね。」

と愛想のよい声が響いた。

「初めまして。昨日江戸に来ました。上方で三味線を修行し、この度いわき平藩の内藤忠興様にお世話になることになりました城秀と申します。しばらく江戸にいることになりますので、どうぞお見知りおきください。」

「ああ、内藤様のところへ楽器を奏でる人が来るというのは聞いていましたよ。こちらこそよろしくお願いしますね。」

「ありがとうございます、よろしくお願いします。早速ですが、三味線の糸を見せて頂きたく思います。よろしいですか？」

「はい、多分上方より種類は少ないと思いますが今はこちらになります。」

と引き出しから出して触らせてくれる。その中でなめらかで腰がありそうな糸を選んだ。するとその人は感心して、

「それをさっとお選びになるとは、かなりの腕をお持ちなんですねぇ。今、主を呼びますから少しお待ちください。」

と言い、先程より速い足音で奥へ入っていった。すると次に聞こえてきたのはゆっくりと重みのある足音。近くまできてその足音は止まり、

「はじめまして、この店の主です。城秀さまとおっしゃいましたかな？　なんでもいわき平藩の内藤様のお抱えになられたとか。今店の者が、糸を選んだだけで城秀さまの三味線がどれほどのものかわかると伝えに来ましてね。不躾なお願いですが、少し弾いて聴かせて下さいませんか？」

私は嬉しくなり、いつものように自分の世界に入って静かに弾き始めた。涼やかな風が流れるかの如く三味線は響き、私も時間が経つのを忘れていた。弾き終わると、

「ありがとうございます、素晴らしいものを聴かせて頂きました。噂にたがわぬ名手、いや

それ以上です。これからもぜひ私どもの店を御贔屓にお願い致します。また、お時間がれば今までの修行の話などお聞かせ頂けないでしょうか。」

と話してくれた。久しぶりに無心に弾くことが出来て私も嬉しかったし、その日は時間もあったのでそのまましばらく話を続けた。そのうち奥から聴いたことのない音が聴こえてきた。私はひょっとするとこれが「おこと」というものかもしれないと思い、

「この音色はなんですか？」

と聞いたところ、

「これはお箏（こと）という楽器の音です。きれいな余韻でしょう？　三味線も良いですが、また違う味わいがあります。」

「そうですね、良い音色です。実は昨日内藤忠興様にお会いした時に、こちらにお箏という楽器があると教えて頂きまして、今日はその音が聴けるかもしれないと楽しみにしておりました。」

「そうでしたか。近くでお聴きになりたいでしょう。どうぞ奥へお上がりください。」

「いえ、今日はお会いしたばかりですのでここで聞かせて頂ければ。」

と私は頭を下げた。

「何をおっしゃいます、先程は私のお願いで素晴らしいお三味線を聴かせて頂きましたし、内藤様のご紹介なら初めてお会いしたとかは関係ないですよ。」

と主は私の手を取って上がるように勧めてくれた。戸惑いながらももっと近くでこの音を聞いてみたいと強く思い、

「ありがとうございます。ではお願い致します。」

と上がらせて頂き、お箏の音が聴こえる部屋の方へ向かった。その部屋の前で座ると何かを察したのかお箏の音が止まり、主が、

「法水〈ほっすい、または　ほうすい〉様［17］、お邪魔してしまいすみませんがご紹介したい方をお連れしました。今よろしいでしょうか？」

と尋ねたところ静かに向きを変える音がして、

「えぇ。」

と返事があり戸が開いた。私には法水様の姿は見えないが、あたたかくやわらかな空気に包まれ微笑んでくれているのが伝わってきて、この人は仏様のようだと思った。

「法水様、私の隣にいる人は城秀さまといいます。いわきの出で１０年近く上方で三味線の修行をしてきたそうです。この度、御縁があっていわき平藩の内藤忠興様からお声がかかりこれから江戸に暮らすことになりました。今日は私どものお店に足を運んで下さったのですが、内藤様はお箏の音も聴いてみるよう勧められたそうです。もしよろしければ城秀さまにお箏のお話そして音を聴かせてあげて下さいませんか。」

「それはそれは、お箏に興味を持ってもらえるとは嬉しいですね。喜んでお話しさせて頂きますし、あとで音も聴いて頂きましょう。どうぞお入りください。」

と部屋へ誘ってくれた。

「お箏は初めてですか？」

「はい、昨日初めて内藤様より〈お箏〉という言葉を教えて頂きました。先程店先で初めて法水様のお箏の音を拝聴し、深く伸びる音に心が惹かれました。よろしければ、はじめからお箏のことを教えてくだされればと思います。」

「ますます嬉しいですね。ではお話しする前に少し楽器に触ってみませんか？」

「ありがとうございます、ぜひ触らせてください。」

と恐る恐る手を伸ばしていると誰かが手を取り、たくさんある紘の上に私の手を置いてくれた。思ったより紘は太く、楽器が長いことに驚いているとゆっくり法水様は話し始めた。

「楽器を触りながら話を聞いて下さい。今から900年くらい前の奈良時代に中国から雅楽という音楽が入ってきたそうです。雅楽というのはいろんな楽器を一緒に奏でるもので、その中に楽箏という、このお箏のもとになった楽器がありました。ですが、雅楽の中で楽箏は旋律を弾くことはありませんでした。その後、今から100年くらい前に筑後にある善導寺の賢順様［18］という僧が、それまで伝えられてきたお箏が伴奏として入る寺院歌謡をまとめました。余談ですが、賢順様ゆかりの地ではこのお箏のことは筑紫箏と呼ばれることが多いです。」

「なるほど、そのような流れがあるのですね。」

「はい、その賢順様の教えは代々善導寺で受け継がれ、私も教えて頂きました。私は今は糸の商売をしていて人前で弾いたりすることはありませんが、構え方や簡単な弾き方くらいなら教えて差し上げられます。ただきちんと修行をされたいのであれば、筑後まで行かれて私の兄僧にあたる玄恕〈げんじょ〉様に教えてもらうのがよいでしょう。あまりに熱心なご様子なので、少し余分な話をしてしまったかもしれませんね。最後の修行の話はお聞き流しください。」

「いえ、ありがとうございます。しばらく江戸にいることになると思いますが、いつか筑後の国へも行ってみたいとお話を聞きながら強く思いました。」

「はい、ではそろそろひとつ曲を弾いてみましょう。」

と法水様はお箏に向かい、静かに弾き始めた。時の流れが緩やかになったような、音だけの世界。私はいつしか涙を流しながら、息をするのも忘れて聴き入っていた。法水様は弾き終わると礼をして、

「少し弾いてみますか?」

「よろしいのでございますか?」

「もちろんです。ではお爪を選びましょう。」

法水様はそういいながら私の指に合うものを探してくれた。そして私がいる所にお箏を動かし、座り方、構え方、弾き方をひとつずつ説明してくれる。教えてもらった通りにぽーんと一つ目の音が出ると法水様は驚いて、

「城秀さまは心地よい音を出されますね。ちょっと待っていてください。」

法水様はもう一面お箏を出してきて、自分の真似をして弾いてみるように勧めてくれた。短い曲を法水様の真似をしながら最後まで弾き終えた。

「今度はひとりで弾いてみてもよろしいでしょうか？」

「はい、もちろんです。」

その言葉を受けて、私は一つずつ音を確かめながら弾いていく。絃を弾き間違えてしまうことはあっても、弾き直しながら最後まで弾ききることができた。これには法水様もお店の主も驚いたようで、法水様は、

「時間のある時だけで構いませんから、ここでお箏のお稽古をしませんか？」

と有り難いお言葉を下さった。私は驚きながらも、

「もったいないお言葉をありがとうございます。恐縮ではありますが、ぜひお稽古を受けさせて下さい。」

と私からもお願いした。

この出会いもあって、江戸での生活は毎日が忙しかった。今まで通りの自分のお三味線の

お稽古、内藤忠興様と御子息の頼長様へのお稽古、内藤様から依頼された宴会などでの演奏などがあり、その合間をぬってお箏を習いに行く日々であった。そしてお箏を買って自分の家でもお稽古をするようになった。それほどお箏にのめり込んでいることを頼長様も知り、頼長様ご本人も弾くようになった。そんなこともあり、頼長様と私は歳が近いこともあって日を追うごとに親しくなっていった。また、内藤忠興様のお陰で江戸でも私の名が広まってきた。

《内藤様からのお声がけがあって願っていた江戸への移住が叶い、まずはほっとした気持であった。しかも内藤様から扶持のお話があって生活の心配もなくなり、本当にありがたかった。このころの事を考えると、幼少の頃に母が言っていた「感謝の気持ちを忘れてはいけない」という言葉は本当にその通りだと思う。また、振り返ってみると江戸に着いて2日目のできごと、法水様とお箏に出会ったことは幸せな偶然ではあったが、まだこの時は私の人生に長く大きな影響を与える存在になるとは少しも思っていなかった。》

5. 京へ（山住勾当に）

3年ほど過ぎたころ、私に勾当［19］へ昇格する話が届き、その手続きのため京へ上った。実はこの時、私の母は父に先立たれたあとに京の山住某〈やまずみなにがし〉様のお屋敷でお世話になっており、久しぶりに会えることも楽しみであった。本当は私のところに来たかったが、修行の邪魔になるのではないかと心配して村長様に相談したところ、

「京にいれば、城秀が昇格するために京へ上るたびに会うことが叶う。だから、京で俳人として有名な藤本箕山〈ふじもときざん〉［20］様と関わりのある山住某様に話をするから、そこで世話になりなさい。」

と紹介してくれたとのことで、改めて村長様の心遣いには頭が下がる思いだった。久しぶりの親子の時間、山住の人たちも必要以上に話しかけてこず、ゆっくりを話ができるようにしてくれる配慮がありがたかった。私は、以前摂津にいたころの山野井検校さまのもとでの修行の様子を説明した後、現在の江戸での様子など説明した。内藤忠興様に演奏家としてとても大切にして頂いていること、御子息の頼長様から音楽の事だけではなく古い書の話を教え

て頂いていること、忠興様のご紹介からお箏という楽器も弾きはじめたことなど、話は尽きなかった。母は時折相槌を打ちながら話を聞いてくれていたが、一区切りついたところで、

「おまえが元気で頑張っている様子がわかって安心したよ。内藤忠興様が農民である私たちのようなものにお声をかけて下さるなんて想像すらできない事だから、話を聞くまでは信じられなかった。だけど、本当だったんだねぇ。嬉しいねぇ。」

と静かに喜んでくれた。

そして勾当になるための手続きが終わり、私は晴れて山住勾当となった。母は私が昇格したことで生活が苦しくなるのではないかと心配してくれたが、

「当道では階級によって細かい決まりごとがあってね。階級で着る物も変わるし、持てる物も質の良いものになったり、住む家も設えに決まりがあるんだよ。これからはお供もつくようになるって聞いたんだ。入ってくるお金も増えるけど出ていくお金もそれなりにあるらしい。けど、私は内藤様の扶持があるから心配はいらないよ。」

との説明を聞き、安心していた。

このように母との話は尽きず、また楽しい時間であった。話をするほど、もっと一緒にい

たいと思う気持ちは強くなっていったが、江戸には内藤様をはじめとして私の昇格を喜んでくれている人たちが帰りを待ってくれている。さみしい気持ちを隠しながら母に別れを告げて翌朝には江戸へ向かった。

《昇格の話を頂いたときは素直にうれしかった。それは今までの修行の日々が認められた証であると感じたし、私を援助して下さった内藤様のご恩に少しでも報いることができたようにも感じた。

組織の中で位が上がって色々と変化があったが、一番大きかったのはお供がついたことだった。気を遣うこともあったが、１人で歩く心細さや自分で物を探す必要がなくなって、より音楽のことに集中できるようになった。

また京で母と会い、久しぶりにゆっくり話ができたことも嬉しく、子供のころに戻ったように感じた。この頃は人生を通しても充実していた時期であり、幸せだったと思う。》

6. 再び江戸へ

江戸へ戻り、まず内藤忠興様に無事勾当に昇格できたことを報告した。名は山住勾当であることを話すと、母様のことをいつも思い出せる良い名だと喜んでくれた。この時初めて気がついたが、忠興様は以前より私の母の暮らしなどを気にかけてくれており村長様から様子を教えてもらっていたようだ。改めて、村長様や忠興様などをはじめとして多くの方々に助けられていることを実感し、感謝の思いは一層強くなった。

次の日はある決意をもって法水様のもとを訪れた。そしてゆっくりとではあるが強い気持ちで話し始めた。

「法水様、この度は城秀から山住勾当になることができました。我が母、生まれ故郷の村長様、摂津の山野井検校さま、内藤忠興様そして御子息の頼長様など多くの方々の大きな支えがあってこのような位につくことができ、言葉では言い表せないような感謝を感じています。また、法水様には日々ご指導を頂き、今の私が音楽を極めていく道を示して下さっていることに深く感謝しております。実は今後、さらに私の音楽を高めていくために追求してみたいことがあり、本日はそのご相談に伺いました。」

「あなたから話をしてくるとは珍しい、かなりの覚悟の上でのことと思います。私で良ければお話を聞かせて頂きましょう。」

私は深々とお辞儀をし、話し始めた。

「私の基礎はお三味線で今後も変えるつもりはありませんが、お箏をもっと広めたいと思うようになりました。お箏がお三味線の音楽に交わるような形、あるいはお箏の音楽として独立する形、どちらもあって良いのではないかと考えております。その為に、さらに法水様にお箏について学び、ゆくゆくは一度肥後の国へも行ってみたいと思うのです。そのためにより一層精進を重ねていくつもりではあるのですが、私は現在忠興様のお世話になっている身です。このような立場でこういったことを忠興様にお話しさせて頂き、ご理解を頂けないかご相談させて頂くのは失礼なことでしょうか？」

法水様は驚きながら聞いていたがしばらく考えたあと、

「本当に強いお気持ちなのですね。また、お箏にそれほど想いを寄せて下さっていること、誠に嬉しく思います。そこまでお考えなのであれば素直に忠興様にご相談させて頂くのが良いと思いますし、心に思いを抱えたままでいるほうがかえって失礼にあたるのではないでしょうか。」

「ご助言ありがとうございます。」

「そういえば初めて会った時、私が兄弟子の玄如様に会いに肥後へ行ってみるとよいかもしれません、と話したことを覚えていますか？　忠興様のご理解を頂けましたら、すぐに肥後へ手紙を出せるよう準備をしておきますね。」

と、法水様は自分のことのように喜び、私を励ましてくれた。

翌日、忠興様と頼長様へのお三味線のお稽古のあと背筋を伸ばし、忠興様にと話し始めた。

「少しお話があるのですが、よろしいでしょうか。」

いつもとは違う様子に忠興様は少し驚き、

「何かな。話を聞こう。」

と、その場を立とうとしていた頼長様にもここにいるように伝え、私と向き合うように座り直した。真剣に私の話を聞いてくれようとするその気持ちがありがたく感じながら、昨日法水様に話した自分の想いをゆっくりりと丁寧に伝えた。

忠興様は最初は静かに聞いていたが、徐々に気持ちが高ぶってくるのが伝わってくる。私が話し終えるのを待ちきれないように、

「なんとも、なんとも。山住勾当よ、面白いことを考えるではないか。これは楽しみだ、お金の心配は要らないから、出来そうだと思ったらどんどんやってみなさい。これは、あなたのためだけでなく、ゆくゆくは日本の音楽そして文化のためになるはず。更には文化だけではなくいわき平藩、もっといえば日本全体の発展に役立つだろう。」

「ありがとうございます。私は忠興様のように大きなことは考えられませんが、自分のできることで精進を重ね歩みを進めて参ります。本当にありがたきお言葉を頂戴致しました、ありがとうございました。」

そこに頼長様が珍しく言葉を発し、

「もしよろしければ、お三味線だけでなくお箏のお稽古もしてもらえないでしょうか。」

「それはよい。山住勾当、ぜひ教えてやってくれんか？」

「重ね重ねありがとうございます。次のお稽古の時までに楽器やお爪など必要なものがこちらに届きますように手配を致します。」

「いや、今すぐお店に出向きたい。父上よろしいですか？」

「それは良き事。山住勾当、同行してやってくれ。」

「かしこまりました。」

すぐにお店に向かったが、お店の主は驚いて
「これはこれは、本日はどうされました？」

「突然の訪問で申し訳ございません。本日は内藤忠興様の御子息の頼長様にお箏を一面お願いしたいのです。それからお爪もお願いします。」

「それはもったいなくもありがたきお話。すぐに奥のお部屋に準備させて頂きますので、ゆっくりお選び下さい。」

奥の部屋に通してもらい、お茶を頂き一息ついていると店の者がお箏を持って入ってきた。

「柱をかけて音を出して頂くようにと申しつかっております。ただ本日お爪を準備させて頂くことができず、どうしたものかと。」

とのことであったので、私から、

「では頼長様のお指に合うかわかりませんが、私のお爪をお使い頂くのはいかがでしょう？」

と遠慮がちに申し出ると、頼長様は私のお爪を使って弾き始めた。お三味線とは違う奥ゆかしさがあってこれもまた楽しい、と思われている様子であった。

そこへ法水様が帰って来て、三人でお箏について様々な話を始めた。瀬長様と法水様が会うのは初めてであったにも拘らず話は尽きず、お箏の可能性などについて大いに盛り上がった。

その後しばらくはお箏で色々な音を出してみたり、曲を作ってみたり、遊びのような感覚で色々なことを試して過ごした。そこで考えたことを頼長様や私のお供に書き留めてもらい、また工夫を加えていくという日々であった。そのように充実した時間を過ごしているときに、私に検校に昇進する話が持ち上がった。ありがたく、うれしいことではあったが、勾当になってから3年しか経っていなかったこともあり戸惑いもあった。ただ忠興様は自分の事のように喜んでくれて、

「山住勾当を検校にという話がある。あなたのような素晴らしい音楽家としては当然であるとは思うが、やはりこうやって皆に認められるというのはうれしいもの、私も誇らしい気持ちだ。この話、受けるということで良いか？」

「はい。とてもありがたいお話で、喜んでお受けしたいと思います。」

「おお、それは良かった。」

「ただ一つ、お願いがあるのですが、検校になるために上方へ行きました後、肥後の国まで足を延ばしてお箏のお稽古を受けてみたいのです。」

「ほう、肥後とはまた遠い土地だな。」

「はい、実はお箏を教えて下さっている法水様の兄弟子、玄恕様が肥後におられまして、その方は今のお箏の基礎をつくった賢順様のお弟子と伺っています。以前より一度お会いし、お話を伺い、お稽古を付けて頂きたいと思っておりました。確かに上方から肥後は近くはありませんが、今回のお話は良い機会なのではないかと感じております。」

「なるほど、確かに江戸から直接向かうより楽ではあるな。」

「また、以前曝井の大井神社というところで万葉集の詩にふれる機会がありました。そこには那須郡の曝井の歌として、

三栗〈みつぐり〉の　那賀に向かへる　曝井の　絶えず通はむ　そこに妻もが

があり、それが今でも心に残っております。この大井神社の歴史は古く、仲国造初代の建借間命という火の国造の家の出の方とのことですが、火の国というのは肥前や肥後のことであると教えていただきました。こういったこともあり、肥後の国には不思議な御縁を感じております。」

「うむ、確かにそなたはその土地に何か縁があるようだな。」

「それと、お箏と万葉集や古今和歌集などの歌を結びつけた音楽を作ってみたいと考えており、肥後を訪れてその雰囲気を感じたり土地のお話などを伺えればと思っております。どうか肥後の方へ行くこともお許し頂けないでしょうか？」

「あなたの思いは良く分かった。お箏の道をも追及していきたいということ、新しい音楽を作りたいということ、ともに素晴らしいではないか。遠慮などせず肥後へも行ってくるとよい。あなたが音楽に専念し精進することは私の喜びでもあるのだから。」

とのありがたいお返事をいただき、上方そして肥後へ行くことになった。

翌日、法水様にお願いして玄如様に山住勾当が肥後へ向かうことを知らせる手紙を出してもらった。今回は長旅になるためその準備をしていると、ある日突然頼長様がやってきた。当時は身分の低い者が上位者のところへ伺うことが通例であったため私は驚きながら、

「どうなさりましたか。お話がありますれば、私の方から出向きましたのに。」

とお聞きすると、

「先日屋敷に来てくれた時は私が出かけてしまっていて、話が聞けなかった。後で父上から話を聞いたところ、お箏に万葉集や古今和歌集などの歌をつけた音楽を作ろうと考えておるそうじゃないか。その歌をつける手伝いを私にさせて欲しいと思うと居ても立ってもいられなくなって来てしまった。突然で脅かせてしまって申し訳ないとは思ったのだが。」

「もったいないお話、私は歌の知識があまりない故とても助かります。ぜひお力をお貸しください。」

「それはよかった、こちらからもよろしく頼む。」

と瀬長様からも後押ししてもらえることになり、上方、そして肥後へと向かうこととなった。

《勾当への昇格、お箏との出会い、そして検校へのお話と続けて大きな出来事があり、戸惑いながらも充実していた日々であったと思う。またやるべきこと、やってみたいことが多くあり、忙しい日々でもあった。そんな中でもずっと心にあった万葉集の事を忘れることはなく、漠然としていたものがやるべきこととして少しずつ形になり始めていった。ただ、自分の思いのままに進んでいっても良いのか、ご恩を受けている方々にご迷惑をおかけするのではないか、としばらく思い悩んでもいた。結局自分の思いを抑えることができず法水様にご相談させて頂くこととなり、そのあとは物事が目まぐるしく進み、肥後への旅を始めることができた。改めて振り返ってみると、本当に多くの方々に助けて頂いていることに気づかされ、私は恵まれていたと思う。》

7．長い旅へ（上永検校に）

上方、そして肥後への旅は自分の考えていた事が形になりはじめたことで気持ちが高ぶっていたし、旅に慣れてきたこともあって40日くらいで上方に着いてしまった。母への挨拶も早々に当道の屋敷へ参り、検校になるための手続きを滞りなく終え、上永検校〈うえながけんぎょう〉との名をいただいた。ただ申し訳ないことに私の心はすでに肥後へ向かっており、気が急いて仕方がなかった。そんな時、法水様の兄弟子の玄如様は今は肥前のお寺にいると知らせがあり、肥前まで荷物を運ぶ船に乗せてもらうことになった。そして肥前で船を降りて諫早まで行き、その日はそこに宿をとり、ゆっくり休んだ。

翌朝、玄如様がおられる慶巌寺〈けいがんじ〉へ行くと近くに川が流れており、境内に入ってもその川の流れる音がかすかに聞こえてくる。その音に聞き入っていると、誰かが近づいてくる足音がした。

「おはようございます。どのようなご用件でしょうか。」

「おはようございます。私は山住勾当というもので、江戸で玄如様の弟弟子の法水様にお箏を教えていただいております。本日はこちらにおられる玄如様にお会いしたくて参りました。」

「ああ、あなたが山住勾当さまですね、お話は聞いております。こちらにお上がり下さい。」

「はい。ありがとうございます。」

案内してもらい進んでいくと、本堂の近くに来たのかろうそくやお線香の匂いが感じられて、身も心も引き締まり自然に背筋が伸びる。その静けさの中で心が穏やかになる心地よい空気に時間を忘れ、ここに来れて幸せだと感じていた。しばらくして静かな足音が聞こえてきて、近くで止まった。その人は音もなく座り、

「おはようございます、玄如と申します。山住勾当さまですね。遠くからここまでお越し下さりありがとうございます、長旅でお疲れでしょう。法水からの手紙であなた様のお話は聞いておりまして、無事お会いすることができてとてもうれしく思います。また、この出会いは仏様のお導きのおかげと感謝しております。そういえばこの度は検校に昇進されたと伺っておりますが、お名前は決まりましたか？」

「ありがとうございます、玄如様。お会いできましたこと、私も本当に嬉しく思います。こ

の度、多くの方のお力添えを賜りまして、山住勾当から上永検校となりました。どうぞよろしくお願いします。」

「そうでしたか。それはそれは、おめでとうございます。上永検校さま、法水の手紙によればお箏を習いたいとのこと。もしよろしければ早速お稽古を始めたいのですが、いかがでしょうか。」

「はい、ぜひお願いします。」

ご挨拶もそこそこにお稽古に入り戸惑いはあったが、玄如様の包み込んでくれるようなお声、雰囲気にすべてをお任せしようという気持ちになった。

「まずは上永検校さまの音を聴かせてもらえますか。」

と返事をし、息と心を整え、静かに弾き始める。弾き終わると、緊張していたのか汗だくになっていた。

「ありがとうございました。澄んだ美しい音でお弾きになる。とてもよいですね。では私の音もお聴き下さい。」

玄如様がお箏に向かった瞬間、空気が引き締まった。また響いてくる音は、なんとも神々しく言葉では言い表せないほど素晴らしかった。

「なんと素晴らしいのでしょう、それ以外に言葉がございません。それに比べて私の演奏はとても未熟でお恥ずかしい限りです。大変失礼致しました。」

「滅相もございません。上永検校さまの音はとても澄んでいて、このあたりすべてがあたたかく包み込まれてくるような大きな情が感じられました。私の音は手元だけの小さきもの。私のほうがお恥ずかしく、あなたに教えを請いたいと思いました。」

「もったいないお言葉をありがとうございます。これからはより一層精進を続けてまいりますので、ご指導よろしくお願い致します。それと、ぜひお箏が出来た流れをお教えください。」

と深々と頭を下げた。

「どうぞ頭を上げて下さい。私が知っていることはお教えいたしましょう。」

そうして、まずはお箏のなりたちについて話をしてくれた。

お箏は奈良時代に中国から伝わってきた音楽の雅楽の中で伴奏の楽器として使われていたこと。平安時代そして鎌倉時代の頃になって雅楽音楽に歌をつけた歌曲が作られ、特に流行ったのが越天楽という旋律に色んな歌詞をあてはめて歌ったものであること。その後しばらくして今から数十年前に賢順様によって玄如様たちが弾いている筑紫箏が作られたこと、などであった。

また賢順様は武士である大内家の家来・宮部日向守武成の子であり、７歳の時に厳島の合戦で父が亡くなってしまったことから出家して久留米の善導寺にて僧となったこと。その善導寺では雅楽が良く演奏されており、そこで賢順様は１３歳の時に明〈みん〉から来た鄭家定〈ていかてい〉という名手に琴を学んだこと。そしてこの琴の曲をお箏で演奏するために新しい旋律を作り出したこと。それは日本に伝わってから変わらなかったお箏の役割を変えるものであったこと、などを教えてくれた。

そして玄如様は

「先ほど聞いて頂いたのはその時に作られた曲のひとつで、私は賢順様の教えを忠実に守ることに専念しております。法水は自由に弾きたいといって、自分の演奏の仕方を探していると聞いていますが、これはどちらが正しいということではなく、様々なやり方があるだけということなのでしょう。ただ、今日上永検校さまの音を聴いて、しばらく会えていない法水も稽古を怠ることなく日々精進していると分かり、嬉しく思います。ありがとうございました。」

「こちらこそ興味深いお話をありがとうございました。実はこれから私はお箏と歌を組み合わせた曲を作ってみたいと考えておりまして、歌は万葉集や古今和歌集などを基にしたいと思っています。」

「なるほど、それは面白いですね。先程話しましたとおりお箏と歌の組み合わせは既にありますが、万葉集などの歌を取り入れたものは聴いたことがありません。どのようなものになるか楽しみですね。そういうことでしたら、何日かこの寺におられて私どものお箏の曲を聞いて頂き、そしてご自身でも弾いてみたらよいと思いますが、いかがでしょう？」

「ありがとうございます。今回はしばらくこのあたりにいるつもりでしたので、ぜひお願い致します。」

「では、少し休憩したら早速始めましょう。」

玄恕様は準備のためか部屋を出ていき、私は一人で残された形になった。どこからか聞こえてくる静かな音と微かに流れる空気でお堂の中の様子を想像していたとき、私はふと奥にある仏様の方を向いた。その時、

「あなたはお箏の道を極めなさい。新しい道は謙虚に人の言葉をよく聴くことで叶うでしょう。上永から八橋に名を変えてこれからも精進しなさい。」

と不思議な声が聞こえてきた。これは仏さまからのお言葉であると感じ、仏様に向かいお辞儀をしているところに玄如様が入ってきた。玄如様は何も言わず、ただ笑みを浮かべお箏の前に座った。お香が焚かれ、仏様に向かい一礼し、それからお箏に向かいまた一礼した。ゆっくりと構え、玄如様の音が流れてきた。とてもゆったりしている演奏で今までとは違う景色が、あたたかい陽ざしの中で野原に横になり、草や風と話している自分の姿が浮かんできた。そしていろいろなことを思い出していく。

これまでは漠然と生き、たまたま音楽で生きていくという淡い夢が叶い、聞こえてくる音を遮二無二覚えなぞってきた。それはそれで楽しかったが、これからはもっと真摯に音に向き合い精進していこうと素直に思えた。

気持ちが落ち着くと玄如様の音も止まり、次は私が弾いてみるように促された。頷き、礼をし、弾いた。弾いていくうちに、どんどん無心になっていった。自分が弾いているのではなく、そっと手に添えられた目に見えない力に導かれているような感覚だった。音が響き、その余韻が心地よく伸びる中に次の音が重なっていく。大小の虹が幾重にも現れ、音の虹がかかっていく。最後まで音を紡ぎ、弾き終わり、一礼した。それでも集中はとぎれず高ぶった気持ちのまま肩で息をしながら、自分の弾いた音を頭の中で繰り返す。しばらくして私の心が落ち着いたところで、

「一度聴いただけで間違いなく、しかもご自分の心を乗せてお弾きになるとは本当に驚きました。上永検校さま、改めてお願いします。この寺の曲をこれからのお箏の音楽に役立てて下さい。」

と玄如様からありがたい申し出があった。それから何時間も弾き続け、また次の日からも多くの曲を弾いて頂き、数日の間に慶巌寺のほぼすべての曲を教えて頂いた後、

「もうここでお教えすることはございませんが、まだ江戸にいる法水が習得している曲があります。その曲も含め、この後は江戸で上永検校さまのお箏を創り上げていって下さい。」

とお言葉を頂いた。

こうして、玄如様にお世話になった肥後での生活を終え、江戸に戻ることになった。

《上方、そして肥前への旅は玄如様との出会いが強く心に残っており、正直上方での出来事は印象が薄い。検校への昇格、そして母との再会は楽しみにしていたし、いろいろな方々への感謝を持って臨んだことではあったが、それらが霞んでしまうぐらい肥前での日々は濃く、深いものであった。特にはじめて玄如様のお箏を聞いた時のおどろきと憧れ、そして慶願寺での仏様のお言葉など、今でも昨日の事のように覚えている。そこでの経験はお箏という楽器の可能性を信じさせてくれるものであったし、新しいお箏の世界を作っていくことへの決意を持てるものでもあった。》

8. 新しいお箏（八橋検校に改名）

江戸に戻ると検校として住まいを整えたり、服などを新しく作ったり、急ぎやらなくてはならないことが多くあった。検校になると紫色のお着物を着ることが許されたが、これは古くからの色の格付けによるものであるとのことであった。１０００年程前に聖徳太子が冠位十二階という身分階級をそれらを示す色と合わせて定め、上から、紫・青・赤・黄・白・黒の六色とそれぞれの濃淡で１２色からなっていると瀬長様に教えて頂いた。このようなお話を聞いていたので、紫色のお着物を着せてもらった時は嬉しさよりもここまでの歴史の重みとそれらを継いでいく責任を感じ、身が引き締まる思いであった。こうして検校に昇格した後は上方で立ち上げたお三味線の八橋流の活動を一層積極的に進めていったが、それ以上に力を入れて取り組んだのはお箏の方であった。玄如様のお寺で頂いた仏様のお言葉を胸に置きながら数年の精進を重ね、改名したい旨を理由と共に忠興様に話した。信心深い忠興様は身を乗り出すように私の話を聞き、すぐに改名の手続きを取って下さり、私は八橋検校となった。加えて、忠興様のご助力でお箏の八橋流を創立することもできた。本当に忠興様のお気遣い、ご支援には頭が下がる思いであり、一生をかけてでもご恩に報いていこうという思いを強くした。

頼長様は音楽だけでなく絵や俳句、書などにも力を入れておられる教養の深い方であり、お稽古の後にそういったお話を聞かせて頂くことも私の楽しみであった。

ある日のお稽古のあと頼長様が、

「私は音楽と同じように俳句も楽しんでおり、近頃は自分の俳号が欲しくなってきました。それで名を考えているのですが、ぜひとも相談に乗ってほしいのです。まず虎という字を使いたいとは思っているのですが、」

「虎とは何でございましょうか？」

「この国にいないけもので、私もその絵を見たことがあるだけですが、猫を大きくした感じで、目には強い光があり何とも不思議な魅力がありました。とても気に入っている虎とその他にもう一字を使って俳号にしたいと思っています。どうでしょうか？」

「なるほど、それでは颪はいかがでしょう。颪は自由でございます。そしてさまざまな表情を持っており、人に優しい時もあれば、何ものも止めることができないほど力強い時もあります。多くのものにご興味をお持ちでそれらを身に着けておられ、様々な視点で自由に句をお読みになる頼長様にふさわしく思います。」

「風、それはよいですね。とらかぜ？こふう？かぜとら？ふうこ？？　ふうこ、ふうこ、、、ふうこがいい。」

「風の虎でふうこですね。響きがいいですし、お呼びしやすいです。」

「ありがとうございます。これからは風虎と名乗ることにします。」

頼長改め風虎、とても気に入られたご様子でしばらく自分の名を繰り返しつぶやいておられたが、ふと思い出したように、

「そういえば、以前話をしていたお箏に歌を組み合わせて新しい箏の曲を創る方は進んでますか？　なかなか難しいのではないかと思うのですが、私も少し考えていることがあります。参考までに聞いてもらえますか？」

この時私は行き詰まっていた。それは、実際に歌とお箏を組み合わせようとしても、目の見えない私はそのもとになる書物を読んでいくことができないからであった。誰かに助けをお願いする必要があるが簡単なことではないし、かなりの時間がかかると思っていたので頼

る相手を決めかねていた。そんな状況だったので風虎様のお話を聞いてみたいと素直に思った。

「はい。お考えをお聞かせください。」

「このような事を言っては傷つけてしまうかもしれないと思って、言えずにいたのですが、あなたは目が不自由なので書物の内容を知るには誰かに読んでもらう必要があると思います。また、その内容をずっと覚えておくことも難しいのではないかとも思います。ですのでもしよければ、私に歌の言葉をまとめさせてもらえないでしょうか。」

「なんとありがたいお言葉、実はそういったことをどう進めていけ良いか悩んでいたのです。風虎様に手伝って頂けるのであれば、安心して曲を作ることができます。」

「それは良かった、あなたの手伝いが出来て私も嬉しく思います。話は少し変わりますが、風の便りで上方ではお三味線が流行っており、あなたの同門の柳川検校さまが躍していると聞いています。なんでも今どきの話し言葉を歌詞としてお三味線に合わせているらしいのですが、それを真似てもいいものにはならないと思うのです。やはりお箏の音色に合うのは万葉集や古今和歌集などの内容を歌詞にするのがよいのではないかと感じています。あまり堅苦しくする事はありませんが、しっとりと落ち着いて聴いてもらえる音楽にするのがいいのではないでしょうか。」

「はい、実は私も以前よりそのほうがお箏の音色や響きに合うと思っておりました。」

「ああ、同じ考えであったことは喜ばしいです。では、創った曲はまとめて箏組歌［２１］と名づけることにしましょう。」

この日から私と風虎様が一緒に過ごす時間が増え、ふと気付くと夜中になっていて、そのまま内藤様のお屋敷に泊めて頂くことも少なくなかった。同じ目標に向かって語り合い、工夫しながら歌詞を決め、曲ができあがっていくことに幸福感があった。

ただ、創作を行うにつれて以前から気になっていた違和感がどんどん大きくなっていることも感じていた。それはお箏を弾くときの音階である。法水様や玄如様に教えていただいた曲はどれも素晴らしいと心から思っていた。ただ、何度弾いても自分の心にはしっくりしないものが残り、何か別の世界を表しているように感じていた。玄如様に弾いて頂いた時は野原に寝そべって風に吹かれるように感じたが、それは自分の生まれ故郷の野原ではなかったし、上方の草原の匂いでもなく、江戸の色でもなかった。私の中にある様々な風景の一部となるようなお箏の響きを探して音を出し、直してはまた音を出し、ということを繰り返す日々がしばらく続いた。

ある冬の日の朝早く、陽がもうすぐ昇り空が白んで来る時刻に私は目が覚めた。その時ふと聞こえてきた鐘の音が混ざりあう響き音が心地よく、それをお箏で試してみようと思った。お箏に柱を立て、耳を楽器に近づけ小さい音で一から巾まで弾いてみる。その瞬間、今まで探していたものにやっと出会えた喜びに震え、

「これだ。音の虹がかかった！」

と思わず大声を出してしまった。この喜びを早く色々な方々に伝えたくて、明るくなるまでの時間がこんなに長く感じたのは初めてだった。日が昇ってきたのは、近所の人たちが食事の支度をはじめた様子で感じ取れ、皆が動き出すと早々に身支度を整えて食事を済ませ、内藤様のお屋敷へ急いだ。私はせき込みながら、

「風虎様、これだと思う調弦ができました。」

と伝えると、風虎様も気持ちが高ぶったようで、

「おお、それは素晴らしい。すぐに聞かせて下さい。」

と待ちきれない様子であった。私が急ぎ柱を立てて調弦をとっていると、

「不思議な落ち着きのある調子だ。」

と風虎様はつぶやいていた。準備ができると、私は深呼吸をして一番この調子に合うと思った曲を弾き始めた。風虎様は聴いているうちに興奮してきたようで演奏が終わるとすぐに、

「私は、私は、今感動している。この心にすっと入り込む響き、そして静かな中に感じる凛とした力。すごい調子を作り上げましたね。」

と私の手を取り、風虎様は自分のことのように喜んでくれた。続けて、

「そして何より様々な自然の風景が目に浮かぶようで、いつまでも心に残ります。私たちの心の深いところを震わせるような感じもありますし、何か懐かしい感じもしますね。」

と何度もうなずきながら言ってくれた。私も自然の色、草木や花そして空の色に合っていると感じていたし、陰を含むこの調子は日本の人々の心に合うと思っていた。


なお、これは後に平調子〈ひらぢょうし〉［22］と呼ばれ、箏曲の基本の調子となってゆくものである。

「今まで風虎様に歌詞を付けていただいた曲も、この調子で弾いてみたいのですが、よろしいでしょうか？」

「もちろんです、ぜひお願いします。」

私は息を整え、順に曲を弾いていく。これまで、自分の心にすとんと落ちてこなかった音たちが、調子を変えたことで纏まり、一気に心に入ってくるようになった。その分濃淡が複雑にはなったが、心の中で緩やかに流れたり混ざったりしてそれも心地よく感じる。

弾き続けているうちに今までで初めての感覚に包まれ、涙があふれだしてくるのを感じていた。口に出したことはなかったが、目が見えないことに苛立ち運命を恨んだこともあったし、思い通りにいかない修行の日々に長い夜を過ごしたこともあった。それ以外にも口には出せない他者への嫉妬や羨みを自分の中に閉じ込め、耐えて練習するしかなかった日々。そういった積み重ねを、自分が創り出したこの調子の響きが癒してくれる。今までの苦しみから解放され、自分らしくありのままで生きていって良いのだと本当に理解することができた。また、こんなにも心を震わせるこの調子を作り出せたことに、仏さまやご恩がある方々へ改めて感謝の気持ちを強くした。

この調子が出来てから、風虎様の援助はより大きくなった。そのおかげで新しい調子を広めるために多くのことができるようになり、さまざまな所で弾いてたくさんの人に聞いてもらったり、お稽古をしたりと忙しい日々を送った。またこういった中で曲を作って人に聴いてもらうことも続けていたため、少しづつではあるが世の人々に新しい調子や曲、そして八橋検校という名を覚えてもらえるようになってきていた。

また歌などを題材にした新しい曲作りも進めていた。ある日風虎様が、

「前にも話したことがありますが、万葉集や古今和歌集、昔の作り話例えば源氏物語などを歌にしてはどうでしょうか？　和歌は歌詞も覚えやすくて良いと思い、ここにいくつか書いてみました。」

と紙を取り出し、読み上げる。

人目忍の仲なれば　思いは胸に　陸奥の千賀の塩竈名のみにて

隔てて身をぞ焦がるる

忘るるや忘らるる　我が身の上は思はれで　徒名立つ
憂き人の末の世いかがあるべき

たまさかに逢ふとてもなほ濡れ増さる袂かな
明日の別れも予てより思ふ涙の先立ちて

雨のうちのつれづれ　昔を思ふ折から　あはれを添へて草の扉を
叩くや松の小夜風

身は浮き舟の楫緒絶え　寄る辺もさらに荒磯の　岩打つ波の音につれ
千々に砕くる心かな

雲井に響く鳴神も　落つれば落つる世の慣らひ
　さりとては我が恋のなどかは叶はざるべき

とても良いものではあったが、今まで曲を作るときに選んでいたものとは心に浮かぶ風景が違うように感じ、

「風虎様、これは？」

「さすがにお分かりになりますか。これは寺院の歌謡などから選んだものではなく、純粋に人が好きになる心をまとめたものです。恋心はいつの世も人を惹き付けると思ったのですが、どうでしょう。」

「はい、人を思う気持ち伝わってきてとても良いと思います。」

「ありがとう、そういってもらえると私も嬉しいです。」

「ぜひこれに音を付けて曲にさせて頂きたいと思うのですが、まとめて頂いた歌詞と新しく作った調子が合うかどうか少し不安に感じます。そのあたりを確かめながらになりますので、

いつもより時間が長くかかるかもしれません。よろしいでしょうか?」

「時間は気にせず、良いものをしっかり創って下さい。お願いします。」

それからこの歌詞にどんな音を付けるのかを考え始めたが、新しく作った調子で作ろうとすると何かがしっくりこない。かといって筑紫箏の調子では明るすぎて、歌詞の良いところが充分に生かされないように思える。何日考えても良い方法が思いつかず、困り果てて何も手につかず、窓の近くで外の風を顔に当てていた。熱くなった頭や頬が冷やされるのが心地よく、しばらく子どもたちの遊ぶ声を聞いていたところ、夕暮になって母たちが帰ってくるように声をかけはじめた。子どもたちは元気に、

「はーい。」

「はーい。」

と思い思いに返事をするが少しづつ声の高さが違い、不思議な美しい響きが夕暮れ時を渡ってゆく。その響きに何かを感じ、急いでお箏の前に行って柱を動かし、調子を整えてゆく。新しく作った調子をもとにして響く位置を少し低めに取ってまとめると、より落ち着き、心に染み入るような響きとなった。そのまま風虎様の歌詞につけた曲を弾いてみると歌詞にあ

る人の気持ちや思いが実感として伝わってくるようで、歌詞と音の響きがひとつになっている、とても良い曲になっていた。頭の中にあった響きをようやく形にすることができてほっとしていたが、曲だけでなく新しい調子の広がりを確かめられた興奮でその日はなかなか寝付けなかった。

次の日、風虎様に聴いてもらったところ、

「この前とは違う調子ですが、これもすごいですね。人の気持ちが迫ってくるようで、歌詞にぴたりと合っているように思います。また良いものを生み出すことができて本当に素晴らしい。新しい調子はこれからどんどん広がっていくでしょう。」

このように風虎様はとても喜んでくれたのだが、この日はほんの少しだけ普段と違う様子が感じられたため、

「ところで風虎様、ひょっとして何かご心配事がございますか？」

と聞いてみたところ、

「あなたには隠し事はできませんね。」

と大きく息を吐き、

「先日、父上からそろそろ家督を譲りたいという話があったのです。ただしばらくは、父上がお元気なうちは今まで通りに俳句を読んだり音楽を楽しんだりする生活を続けてよいと言ってくれました。本当は内藤家の跡継ぎではなく、ひとりの芸術家として俳句の世界に没頭し、音楽も嗜みながら生きてみたいとも思うのですが、やはり私はこの家を守っていかなければなりません。私に父上のような政（まつりごと）の才があるかどうかは分かりませんが、これが私の役割であるのでしょう。ただ、今までのように自由に俳句や音楽が楽しめなくなるのは本当に残念です。」

「風虎様、私はおめでとうございますと申し上げるべきなのでしょうが、それよりも残念な思いのほうが強いです。今まで風虎様は様々なことを教えて下さり、また一緒に曲を創らせて頂き、本当に楽しかったですし、充実していました。それができなくなってしまうのは寂しく思いますが、忠興様はまだお元気ですし、しばらくは今までと同じように過ごせるのでないでしょうか。」

「確かにそうですね。まだ時間はありますのでやれることをやり、できる限り曲を作っていきましょう。ああ、それにしても今までの日々は本当に楽しかったですね。」

その後は今まで以上に曲作りに熱が入り、ふたりでの時間が多くなっていった。

何年かが過ぎ、梅雨がそろそろ明けそうな季節。私に1通の手紙が届いた。風虎様に読んでもらったところ、それは私の母の病気の知らせであり、それほど長く生きられそうにもないから急いで会いに来て欲しい、という内容だった。私は途中から涙を抑えることができず、風虎様も手紙を読む声が震え、自分のことのように心を痛めてくれた。

「すぐに準備をして母上の所へ行き、しばらく一緒にいてあげて下さい。」

「母は京におり、往復するだけでもかなりの日にちがかかります。私は忠興様と風虎様にお世話になっている身なのですが、そんなに長い間江戸を離れてしまってよろしいのでしょうか。」

「そんな事は気にしないでください。あなたにとってはたったひとりの家族ではないですか。かごを使って少しでも早く京に着いて、少しでも長く母上と一緒にいてあげて下さい。」

風虎様のお言葉とお心遣いがとてもありがたく、私は頭を下げ、旅の準備をして京へ向かった。

《検校に昇格し、肥前への旅を終えて江戸に戻ってからはそれまで以上に忙しい日々ではあったが、やりたいことが次々と形になっていくのが楽しかった。風虎様のご助力もあって多くの箏曲を創り出すことができたが、やはりお箏の新しい調子である平調子を生み出せたことが一番で、その時の感動は今でもはっきりと覚えている。今までずっと抱えてきた音や響きの違和感が全て洗い流されるような、心の中に降っていた雨が上がり虹がかかるような、その瞬間を私は一生忘れることはないだろう。

しかし、そのような高揚した気持は母からの手紙で一変し、京へ向かうこととなった。》

9. 母のもとへ

京へ着くまでに数日かかったと思うが、その間どのように過ごしたのか全く覚えていない。年齢を考えれば母は長生きしたほうであると頭ではわかっていた。ただ、いつまでも元気でいてくれると勝手に思っていて、母をあまり顧みず過ごしてきたことを悔いていた。

母のもとへ着くと、母は床に就いていた。細い呼吸が聞こえる。そばに座り、母が目覚めるのを待った。その間、これまでの事を思い出していた。小さい頃、目の見えない私のことを静かに見守ってくれたこと、私の将来を考え村長様の所に何度も行って話を聞いてくれたこと、私を当道に入れるために寝る間を惜しんで働いてくれたこと、ふたりで旅をしたときに聞いた音、勾当に昇格する時に誰よりも喜んでくれたこと、夜遅くまで私の着物のほつれを直してくれていたこと。母の寝息を聞きながら、たくさんの思い出に涙があふれてくる。

ふと気がつくと母が私の手を取っており、私は驚いて、

「母様、お久しゅうございます。秀です。」

と、幼少の名で話しかけた。

「秀、わざわざ来てくれたんだね。」

力ないかすれた声、でも紛れもなく母の声。私は思わず母の手をそっと握り返し、それだけで色々な思いが通じ合えた気がして、急ぎ京まで来て本当に良かったとに思った。それから母のそばで色々な話をした。舟で肥前の方まで行ったこと、お箏という楽器で新しい曲を作っていること、新しい調子を考えたこと、いわき平藩の風虎様が歌詞をまとめていてくれること、今住んでいる家の周りは子どもがたくさんいること。思いつくままに、そしてゆっくりとこれまでにあった事を話し、母はそのたびに相槌を打ちながら、聞いてくれた。

翌日からは母が寝ている時間に、近くを歩いてみたり、お箏やお三味線をお稽古したりとゆっくり過ごし、心がとても静かで穏やかになっていった。江戸の生活は、楽しくて嫌だと思ったことはなかった。でも久しぶりに、やることに追われない生活を新鮮に感じ、良い時間と思えた。

京の夏は蒸し暑く、何度経験しても慣れることがない。元気な私でさえその暑さに疲れを覚えるぐらいだから、ましてや病床の母には相当応えていたのではないかと思う。日に日に小さくなっていく母の声に切なさを感じ、無力な自分がとても小さく思えて仕方なかった。

そんなある日、母が、

「ここでお箏を聴かせて。」

と初めて言ってくれた。私は母の体に障るのではないかと心配だったが、重ねてお願いされたので、お箏を運んでもらい、弾いた。弾き終わり、一礼した。その瞬間手があたたかくなる不思議な感覚があった。静かなままで母の声が聞こえない。

「母様？」

と声をかけるが返事がない。お爪を外し、母の枕もとへ行くと息が止まっていた。私は思わず母の手を抱いたが、あまりにも多くの思いがあふれて声を出すこともできずじっとしていた。どれぐらい時間が経ったのか、家の人が様子を見にやってくると一瞬息をのむ気配があり、ばたばたと足音が離れていく。すぐに主がやってきて、

「八橋検校さま。」

と声をかけ、私を抱き寄せてくれた。私は、

「母様が、」

というのが精一杯で後が続かない。

「最後に良い時を母様とお過ごしになられたのですね。母様のお顔は仏様のようですよ。」

私は母様に少しでもご恩をお返しすることができたのだろうかと考え続けていたが、この主の言葉で少し救われたような気がした。

お通夜とお葬式を出して頂き、初七日まで滞在させてもらったことでゆっくりと母との別れをすることができ、とてもありがたかった。そのご厚意にお礼を伝えお金を渡そうとしたが、

「それは受け取れません。その代わりといっては失礼ですがお箏とお三味線を聴かせてくれませんか？」

とお願いされ、私はありがたくお受けし、母、そして今までお世話になった全ての方々への感謝を込めて演奏した。そして、迷うことなく音楽の道を進んでいくことを改めて心に決めた。

《母が亡くなったことを受け入れられるようになるまでには長い時間がかかり、この後も

元気にどこかで暮らしているような、すぐにでも会いに行けるような感覚だった。ただ一方で度々心の中に母が現れるようになり、私はその母の顔が曇ることがないように、それまで以上に真摯に音楽と向き合い、演奏を行うようになった。

改めて思い返すと、母はいつでも私のことを一番に考え、誰よりも私の行く末を心配してくれていた。私は母の子に生まれて本当に幸せだったと思う。》

１０．自分の世界を

江戸に戻り、まずは内藤様を訪ねて母の最後に立ち会えたことに感謝の気持ちを伝えた。忠興様はお忙しいようでご挨拶だけだったが、風虎様とは久しぶりにお話をすることができた。

「風虎様、お久しゅうございます。この度は長い間江戸を離れますことをお許しくださり、誠にありがとうございました。最後は母にお箏を聴いてもらうことができ、とても幸せでした。」

「ああ、それは良かったですね。きっと母上も喜んでおられたことでしょう。」

「ありがとうございます。これからも音楽の道を究めるべく、より一層精進を重ねて参ります。ところで、これからはお箏を広める活動にも力を入れていきたいと思っております。風虎様のように音楽に興味を持って下さる方にお箏を紹介し、教えてみたいと考えているのですがよろしいでしょうか？」

「なるほど、確かにその必要はありますね。ただ私への稽古が減ってしまうと困りますので、そこは今まで通りでお願いします。そのうえで、あなたがやりたいと思ったことは遠慮なくやってみれば良いと思います。失敗もするかもしれませんが、あなたには後悔のないように、自由に音楽の道を進んで欲しいと願っています。」

それからの私は、風虎様との曲作りと並行しながら自分の音を聴いてもらう工夫を始め、世話になっている糸問屋の店先で弾いてみたりした。初めての試みに糸問屋の主は心配していたようであったが、すぐに評判となり、

「次はいつ聴けるのか？」

「習うことはできるのか？」

と様々な反応があった。楽器は高価なものなので、習うことができる人は多くはなかったが、それでもお稽古に通ってくれる人が増えることは嬉しかった。それ以上に、自分の音を楽しんでくれる人が増えることは、曲作りや自分の稽古の励みになった。

そんな時、私の弟子の北島検校［２３］に松平大和守邸での演奏依頼があったらしく、北島検校が大慌てでやってきて、

「急なご訪問で大変失礼ですが、ご相談したいことがあり伺いました。実は私に松平大和守

邸での演奏依頼のお話があり、大変驚いております。本来であれば師であるあなた様に先に演奏して頂くべきですが、お断りするのも大変失礼にあたりますし、一生に一度あるかどうかのお話ですのでお引き受けしたいという気持ちもございます。この度のお話、どうするべきでしょうか。」

「わざわざ来てくれて、ありがとう。せっかくのありがたいお声がけなので、精いっぱい弾かせて頂いたらいい。あなたの演奏であれば何も心配はいらないし、お箏を広める良い機会にもなるだろう。お箏の良さが伝わるように心を込めて演奏してきて欲しい。本当によかったな。」

と送り出した。松平大和守邸での演奏は素晴らしいもので瞬く間に評判になり、その師ということで私も注目されるようになった。このように少しづつお箏が広がりつつあったころ風虎様からお話があった。

「先日、私の正室が病気で亡くなりました。親が決めた結婚でしたし一緒に過ごした時間も長くはなかったのですが、それでも人が亡くなるということは、こんなにも悲しいことなのですね。」

と話すと背を向け、肩を震わせた。

　私はなんとお声掛けしたものか分からず、せめて音楽だけでもと思い、いつもより半音を低めにして、そっと絃をはじいた。余韻が地を這うように広がっていく。思いつくままに、音を繋げていく。池の中に葉が一枚舞い降りた。ふわっと水面に着くと波紋が広がった。お箏の音にその波紋がゆがんだかのように思われた。それは錯覚で、雨が静かに降りはじめ、池に雨粒が落ちる。先程の葉とは違い細く強い波が出来ていく。それらの音と会話するように音を発していく。母が亡くなった時を思い出し、風虎様のお気持ちを思いながら弾いていた。が、いつしかお箏の音だけが聴こえる世界に入っていた。絃の振動から出てくる哀しみ、怒り、楽しさ、喜び、感謝、高揚感､､､絃の振るえ方で音の質が変わっていく。今まで感覚でおぼろげながらに探っていたものが、目が見えぬのに頭の中に光り輝き、影ができ、見えているような感じがあった。

　どのくらいの時間弾いていたのだろう。気付くとお箏に寄り添うように眠っていたようだ。慌てて体を起こすと、

「お目覚めですね。」

と、風虎様に声をかけて頂いた。

「知らぬ間とはいえ眠りこむなどのご無礼、大変申し訳ございませんでした。」

「いえ、気になさらないで下さい。それより、先程奏でてくれたお箏は本当に良き音色でした。亡くなった者の声が私の中で話しかけてくるようで、一緒に過ごした楽しい時を思い出させてくれました。また、いつまでも悲しんでいる私を叱咤し励ましてもくれました。そして、私は今こうして生きているのですからそのことに感謝し、精一杯生きなければならない、そう思いました。俳句も詠みたいし、あなたの音楽創りの手伝いもしたいと思うと落ち込んでばかりはいられませんね。そう思えたのもあなたの演奏のおかげです。分かっていたつもりでしたが、あなたのお箏は本当に素晴らしいと改めて感じました。本当にありがとうございました。」

風虎様がお元気になられたことが単純にうれしかったが、この様なお言葉を頂いて自分が良いと感じたことを信じていこうと思えるようになった。とはいえ、京で修業をしていた時の同門である加賀都さま、改め柳川検校さまが後水尾院［２４］に御前演奏をした話を聞いた時には穏やかではいられなかった。自分を信じることは難しいもので、どんなに努力や工夫を重ねていてもちょっとしたことで不安になってしまう。人と自分を比べることは止めたはずであったがこれも今の自分、それも受け入れて精進し、音楽の道を進んでいこうと心を新たにした。

ある日、風虎様から、

「今日はお話がふたつありますので聞いて下さい。まず、今度継室を迎えることになりました。正室との別れからあまり日が経っておらず気は進まないのですが、致し方ない。そして、父上のお体が思わしくなく近々家督を譲り受けることになりました。これまでのように自由な時間はほとんどなくなるし、江戸にずっといることができなくなると思います。何よりあなたとの時間が取れなくなってしまうことが本当に残念で、とても淋しく思う。」

とお話があり、肩を落とされていた。

「風虎様、私もお会いできる時間が減ってしまうのは残念ではありますが、継室をお迎えになることはとてもよいことと思います。お身内に風虎様をお助け下さる方がいらっしゃることは心強いと思いますし、私は羨ましいです。また、いよいよ家督をお継ぎになるのですね、おめでとうございます。私は政は全くわかりませんが、風虎様でしたら政をされながらでも俳句を詠んだり音楽を嗜まれたりお出来になると信じております。お時間ができましたらいつでもお呼び出し下さい、今までのように一緒に音楽や俳句を楽しませて頂きたく思います。」

「そのように言ってくれるのはあなただけです。これからも会って俳句を詠んだりお稽古をしてください、お願いします。」

「もちろんです。喜んでさせていただきます。」

そのあと風虎様と会える回数は減ったものの、今までと同じように時を忘れて一緒にお箏を弾いたり俳句を詠んだりしていたが、風虎様は徐々にお忙しくなられて共に過ごす時間も減っていった。そんな折、私への松平大和守邸での演奏依頼のお話が持ち上がり、久しぶりに大きな舞台で演奏できることに心が踊った。

「風虎様、この度松平大和守邸での演奏のお話をいただきました。お受けしてよろしいでしょうか?」

「それは良い話ですね、私も喜ばしく思います。あなたの力や実績を思えば遅すぎるぐらいですが、とにかくあなたが認められた証でしょう。ぜひお受けして、演奏を披露してきて下さい。」

風虎様が喜んでくれたこともあって、心晴れやかに演奏に臨むことができ、普段通りの良い演奏ができたという手ごたえがあった。演奏の後、心地よい高揚感のまま少し休んでいると松平家の方から、

「少しよろしいか、八橋検校さまですね？」

「はい。本日演奏をさせていただきました八橋検校でございます。どうもありがとうございました。」

「うん、良き演奏でとても気に入った。それで、そなたが内藤家の扶持を受けていることは知っているのだが、こちらの松平家にも何日か来てもらえないかと考えている、どうだろう？」

「ありがたいお話で光栄でございます。ただ、まず内藤家の風虎様にご許可を頂いたのちに、正式にお受けするということでよろしいでしょうか？」

「評判通り、筋を通すお方だ。ますます気に入った。返事を待っている。」

とお話を頂いた。風虎様は快諾して下さりそれから内藤家と松平家を行き来することとなっ

たが、松平家への出入りは4か月程で終わった。

少し時間に余裕ができ、次は何をしようかと考えていた時に久しぶりに内藤家からの呼び出しがあった。久しぶりに風虎様とお会いできると楽しみにしていたが、風虎様とは違う足音が近づいてきて座る音がした。頭を下げ、

「八橋検校でございます。風虎様にお会いできますでしょうか？」

「風虎様はこちらにはおられない。それよりもお伝えしなくてはならないことがあります。」

と、少し間を空けて、堅い声のまま話し始めた。

「今年の末までで八橋検校さまへの扶持を停止させて頂くことになりました。これまで本当にお世話になりました。」

「えっ、一体何があったのです？　何か私がご迷惑をおかけするようなことをしてしまったのでしょうか？　あまりにも突然のお話で、」

と、それだけ言うのが精一杯で言葉が続かない。

「これは内藤家の決定で、風虎様もご存じです。」

「そうですか。せめて風虎様にお会いすることはできないでしょうか？」

「お気持ちはお伝えしますが、お約束はできません。」

とそれだけ言うと部屋を出ていってしまった。ひとり残され、もうこのまま風虎様にお会いすることはできないのかと絶望的な気持ちの中、何も考えることができなかった。どうやって家まで帰ったのかも記憶がなく、その夜はただただ悲しく、つらかったことだけを覚えている。何も手がつかず、何日が過ぎたであろうか。まだ鶏も鳴かない早朝に私の家の戸を静かに叩く者がある。続けて小さな声で、

「私です。風虎です。八橋検校さま、中におられるのでしょう？　お話をさせて下さい。」

私は飛び起きて、衣の合わせを直すのももどかしく、戸を開けた。風虎様は周囲を気にされながら急いで中へ入られ、

「すぐに来られなくてすみませんでした。私の力が足りずあなたへの扶持を今年末で辞めることになってしまいました。今まであなたから受けたものを思い返すとどんなに恨まれても仕方ない仕打ちで、誠に申し訳なく思います。今回ばかりは本当に、自分に政の力があればあなたを守ることができたのにと思いました。こんな終わり方になってしまい本当に申し訳ありませんが、私がまとめていた歌詞と当面のお金を持ってきました。この程度のことしか

できませんし、許してもらえるとは思っていませんが、せめて納めてもらえませんか。」

「風虎様。この度の事が、風虎様のご意思ではないことがわかって、救われた気持ちです。風虎様に見捨てられたのだと思って、落ち込んでおりました。でもこうしてわざわざ風虎様が来て下さり、お話して下さったことで、私はすべてを受け入れることができます。ありがとうございました。」

「本当ですか、私のことを恨んでいないのですか？」

「お会いできないままであればそういう事もあったかもしれませんが、周りの目を盗んでまで会いに来て下さった。私にはそれで十分です」

「ありがとう、本当にありがとうございます。」

「風虎様、実は扶持の停止のお話を聞きました日の夜に夢を見ました。母様が、お墓のある京で暮らして欲しいと言うのです。母様にはずっと淋しい思いをさせてきましたので、京に行き、母様の近くで過ごそうかと思っておりました。ただ風虎様にきちんとご挨拶することなしに京へ参ることはできないとも思っておりましたので、今日このようにお会いできて嬉しゅうございました。今年の末までしっかりと務めさせていただき、寒さが和らぐ頃に京へ参りたいと思います。お忙しい中、ありがとうございました。」

「私からもお礼を言わせて下さい。あなたの心に、音楽に、私は感謝しています。これからのことはわかりませんが、必ずまた会いましょう。」

と言い残し、静かに出ていった。私の心は晴れ、その日から少しずつ京へ移る準備を始めた。


《こうして江戸での暮らしは終わり、京へ向けて出発することになった。思えば江戸では多くの方々との幸せな出会いがあり、多くのものを残すことができた。その中でも新しい調子の半音の幅を狭め、表現を豊かにすることができたのは偶然ではあったがとても大きなことであった。風虎様のご正室がお亡くなりになるというご不幸ではあったが、あらゆる出来事は音楽を究めるきっかけとなると再確認できた。

また最後は風虎様と別れることになり、寂しく、残念な気持ちはあったが、それまでに頂いたご恩の大きさを思うと感謝の思いのほうがずっと大きく、これからもしっかりと前を向いて進んでいこうと思った。》

１１．再び京へ

鶯の鳴き声が聞こえてくる季節に京に着き、藤本家を訪問した。藤本家との交流は長く、勾当や検校になる際に度々お世話になっており、藤本家の家来・山住様には私の母を養なって頂き、母の法要などもして頂いた。このような繋がりから、京でお世話になりたいと手紙で藤本箕山様〈ふじもときざん〉にお願いし、快諾のお返事を頂いていた。

「ご無沙汰しております、八橋検校です。」

「よく来て下さった。さあさあ、上がって下さい。お疲れになったでしょう。」

と箕山様ご本人が出迎えてくれた。奥の部屋に案内されると箕山様とともに山住様が入ってこられた。

「長きにわたり母がお世話になり、また最後まで手厚く面倒を見て頂きありがとうございました。今度は私がこちらでお世話になることになり、恐縮ではございますがどうぞよろしくお願い致します。」

「母様は本当に立派なお方でした。なにより素直で謙虚でいらした。たまにお食事などにお誘いしても、遠慮されて一度もご一緒頂けませんでしたし、ご自分が贅沢をされることもなかった。私は母様の在り様から大切な事を教えていただいたと思っています。」

「それはそうと八橋検校さま、早速だが女性と一緒に住む気はないか？」

山住様からの突然のお話に私は何も言えずにいると、

「驚かれるのも無理はない。だが妻を娶ってみてはどうか。」

「もったいないお言葉ですが私は目が見えませんし、５０を数える歳にございます。そんな者と一緒になろうなど思ってくれる女性がいるとは思えません。」

「実はあなたに近い歳で優しく音楽が好きな女性がおりまして、あなたが京へ来られると聞いたその女性の親類から相談してもらえないかとお願いされたのです。いかがでしょう。考えては下さいませんか？」

「わかりました。一晩お時間をください。」

その夜、ひとりになるとそのことばかり考えていた。自分はやりたいことがあると、時を忘れてそれだけに没頭してしまうところがある。このような者と一緒になったら淋しくないだろうかと考えると申し訳なく感じてしまう。など、つらつら考えながら眠りに就いた。

次の日の朝、箕山様と食事を取りながら自分の気持ちを正直に話した。

「私のような目の見えぬ者と一緒に暮らすことは、その方に大変な苦労をかけてしまうのではないかと心配です。それに私は、こと音楽に関しては気になることがあるとそのことしか考えられなくなってしまうので、お嫌なのではないかと思うのです。大変ありがたくもったいないお話なのですが、お断りさせて頂こうかと思っています。」

話が終わると静かに襖が開き、誰かが座っていることが分かった。

「入っておいで。」

と箕山様が声を掛けると、つつっと入ってきて、

「お初にお目にかかります、八橋検校さま。失礼かと思いましたが、お隣の部屋でお話をお聞かせいただいておりました。私は、こちらの箕山様にお願いして、八橋検校さまのもとへ参りたいとお願いした者でございます。私はあなた様の音が本当に好きで尊敬しております。そして少しでもお役に立ちたいと思い、ここへ参りました。あなた様がご自分のおやりになりたい事に集中されても私は嫌と思いません。どうか私をおそばに置いてくださいませ。」

と、静かではあるが芯のある声で話し、頭を下げた気配だった。

驚きでしばらく言葉が出ない私に箕山様は、

「私は多くの人を見てきたがお二人は雰囲気がとても似ていて、こうして見ていても今日初めて会ったと思えないぐらいぴたりと納まっている。それぞれの役割も心得ているようだし、夫婦になっても上手くいくと思う。私からも改めてお願いする。一緒になってもらえないだろうか？」

私は短いあいだではあるがこの女性のしっとりした話す声に好感を持ち始めていたし、箕山様の言葉にも後押しされ、

「本当に私でよろしいのですか？」

「はい、よろしくお願いします。」

「箕山様、ありがたい御縁に感謝します。この方と一緒になりたいと思います。どうぞよろしくお願いします。」

箕山様は、

「そうか。そうか。お受け下さるか。すぐにでも祝言の支度にかかろう。」

と言い、私たちふたりを残してばたばたと部屋を出て行ってしまった。どうしたものかと思っ

たのは初めだけで、話し始めるとこれはあれはと話が繋がり途切れることはなかった。会ったばかりなのに不思議なこともあるものだと思いながらも、その柔らかく穏やかな雰囲気が心地よかった。

数日後、簡単な祝言を藤本家であげ、晴れて夫婦になった。私は相変わらず自分の世界に入ってしまうと寝食を忘れて音楽に集中してしまっていたが、そんな時も妻は何も言わず待っていてくれた。そして、一息ついたときに色々と身の回りの世話をしてくれる。何かふわりとした安心感に包まれているようで、音楽により集中できるようになったことも、とてもありがたかった。

京での生活が落ち着いてくると徐々に弟子も増え、箕山様や山住様のご紹介もあり演奏の機会も増えていった。

この時の弟子に小野お通の娘・お伏［２５］がおり、後に八橋流を後世に伝える重要な役割を担うことになる。

妻もふたりでの生活に慣れてくると私の演奏や外出の準備などを手伝えるようになり、心配していた京での生活は質素ではあるが穏やかに、そして幸せに過ごせるようになっていった。また、ありがたいことに子供を授かることもでき、私とは違って目が見える子であったことを今まで出会った方々やすべての事柄に感謝した。また、当道の世界しか知らない私がこのように幸せに生きていられるのは全てそれらの方々のおかげであると感じていたことは妻や子供にも伝わっていたのではないかと思う。

一人目の子が7歳になったころ、妻が病気になった。箕山様にお願いして京で一番というお医者様に診てもらったが、残念ながら元気を取り戻すことはなくそのまま亡くなってしまった。親しい人を亡くすのは母に続いて2度目であり、今回は自分の体が半分無くなってしまったような悲しさであった。悲しさとむなしさで何をする気も起きず、ただ息をしているだけの私に箕山様や山住様、弟子たちも声をかけることすらできなかった。子供がそばにいるときだけは少しだけ心が明るくなったが、ほとんどの時間を妻のことを思い出しながら過ごしていた。そんなある日、子供が思いつめた顔で絞り出すように、

「父様、母様は父様のお箏が本当に好きでした。父様がお箏を弾けば、きっと母様は喜ぶで

しょう。父様、母様の為にまたお箏をお弾いてもらえないでしょうか？」

私ははっとして、妻が私の演奏を聴いていた時の幸せそうな雰囲気を思い出した。そして、心に火が、妻のようにあたたかく包み込むような火がぽっとともったような気がした。何かに導かれるように、一音一音置くように弾き始めると涙がとめどなく流れてくる。涙を拭うことなく弾き続けると、前に妻が座っているような気がする。音を紡ぎ続けると、出会ってからの思い出が妻と話しているように頭に浮かんでくる。音が溢れ、お箏の音が妻の言葉に変わっていく。いつも微笑んでそばにいてくれた妻は、音楽については自分の気持ちを言葉にすることはなく、私を信じて静かに支えてくれていた。ただ今、お箏の音が妻の言葉になって思いが伝わってくる。

「あなた。あなたの音は本当にすごいですね。私の魂が引き寄せられて、こうしてまた言葉を伝えることができるなんて。あなたの音をずっと近くで聞いていられて私は幸せ者でした。このままずっとあなたの音を聴いていたいのですが、別れの時が近づいています。

最後にひとつお願いがあります。それは、いつまでも変わらないあなたでいて欲しいということです。いつまでも周りの方々や出来事に感謝し、丁寧に、謙虚に接するあなたでいて欲しい。そうすれば私の好きなあなたの音は、いつまでも多くの方々の心に届いていくでしょう。

本当はもっとあなたの音やまだ形になっていない曲も聴いていたかったのですが、そろそろお別れのようです。今までありがとうございました。そしていつまでもお慕いしております。では、またいつか。」

妻の声が小さくなり、聞こえなくなった。私は一旦弾くのを辞めた。涙で目が腫れていた。近くに置いてあった手ぬぐいで目を拭く。楽器も涙で濡れてしまったので、丁寧に拭いていく。その中で、音がどんどん繋がっていく。拭き終わり、今出てきた音をたちを紡いで弾いてみた。先程までとは違うより深く広くあたたかく包み込むような音色が出た。音の虹が大きくかかり、音の世界がまた一つ広がった時だった。

次の日からは今まで通りの音楽中心の日々が戻ってきたが、妻の死をきっかけに自分の死について考えるようになった。人はいつか死ぬ、そして自分に残された時間はそれほど長くないと感じ、少しでも多くの曲を残そうと努力を続けた。また、今まで以上に弟子たちの稽古に熱心になった。ただ、上達して良い演奏ができるだけではなかなか周囲に認められないし、見合った待遇を得られるわけでもないことを弟子たちを見ていて感じていた。弟子たちのために何かできることはないかと悩み、箕山様に、

「これまで私は箕山様をはじめとして多くの方々のご支援を受け、暮らしに困ることもなく今日まで音楽の道を歩んでくることができました。田舎の農家に生まれた目が見えない子がこのような恵まれた人生を過ごせているのは今でも信じられない思いで、皆様には本当に感謝しかございません。ただ近頃、弟子たちの将来のことが大変気になるようになりました。私がいなくなったあとも弟子たちが音楽を続けながら生きていけるように、なにかできることはないでしょうか?」

と相談したところ、

「あなたも、そのようなことを考える歳になったのですね。弟子たちが周りに認められてより良い待遇を得られるようになって欲しいのであれば、まずは師匠であるあなたの名声や位を高めるのが良いと思います。評判の良い師匠についていればそれだけで注目されるし、認められやすくもなります。実は少し前からあなたを当道の指導者層である十老［２６］に推挙したいと考えていました。勿論、認められるかどうかは分かりませんが、あなたが承知し

てくれるのであれば明日にでも話をしてこようと思います。十老になれば周りもあなたの言う事に注目するようになるし、弟子たちも活動の場が増えていくのではないかと思います。どうでしょうか？」

「ありがたいお話ではありますが、私など十老にはふさわしくありません。」

「ああ、やはりそう言われますか。そういうところも、あなたのよいところです。ただこの話はあなただけではなく弟子達のためでもあります。なって欲しいと願われるなら、ありがたくなればよいのではないでしょうか。」

それから数か月が経ち、箕山様のお屋敷に呼び出しがあり、

「先日の十老の話、認められたと連絡がありました。これであなたは十老です。本当におめでとうございます。これからは昇進できる機会があるなら、お受けしてください。」

と喜んでくれ、その日は皆でお祝いをしてくれた。生活は忙しくなったが、お弟子たちのお稽古を受ける人も増えてきて、これも自分のことのように嬉しかった。

その翌年、以前京にいた時の同門の柳川検校さまも十老になり、いろいろな場で顔を合わせるようになった。昔は私の嫉妬心もあってその音楽を素直に受け入れることはできなかっ

たが、あらためて聴いてみるとその良さを好ましいと思えるようになっていた。また、次第にそんな話もできるようになり、それぞれの考えを言葉にすることでお互いの音楽を理解し、取り入れるようになった。こういった変化は弟子たちやそこにお稽古を受けに来る人たちにも伝わり音楽の輪が広がっていった。それまではお箏だけを練習する人が多かったが、この頃からお三味線や胡弓も練習する人も増えてきて、それもまたうれしい変化だった。

また、妻が亡くなってからは内弟子になりたいという申し出があり、受け入れるようになっていた。そんなこともあって私の周りにはいつもだれかがいたが、不思議と自然体で過ごすことができていた。妻に言われた言葉を胸に抱き、感謝の気持ちでいることを心がけているからだろうか、こういったこともありがたいと思えるようになっていた。

私はその後も昇進を続けてし六老にまでなり、気付けば70歳を越えていた。このころはお稽古のほとんどは弟子たちに任せ、たまに秘曲を教えるくらいで、あとは自分の好きなようにお箏を弾いていた。この日は久しぶりに箕山様のお屋敷を訪れた。

「これは久しぶり、元気でいらっしゃいましたか？　今日は私の好物の唐砂糖を使ったお菓子がありまして、八橋検校さまも一緒にどうですか？」

「ご無沙汰しております、箕山様もお元気そうで何よりです。また、珍しいお菓子をありがとうございます、ぜひご一緒させて下さい。」

頂いたお菓子をほおばると口の中で溶けるように甘さが広がり、思わず笑みがこぼれ、心に虹がかかっていく。

「おいしゅうございました。お礼に一曲弾きましょう。三味線をお借りできますか？」

「それは嬉しいお返し、今持ってこさせます。」

と手をたたき、三味線の準備をさせた。そして私が三味線をつま弾くとみずみずしい緑の葉がそよ風に吹かれて、さわっ、こそっと音を立てる。その音に反応して三味線の音を繋げていくと、静かに世界が広がっていく。箕山様はその空間に身をゆだね、目を閉じて心地よく聴いている。

どのくらい弾いていたのだろう、陽ざしの暖かさの変化で我に返った。いろいろなものが心に浮かんでは消えていった。小さい頃からの夢をみていたのか、母のぬくもり、風虎様の情熱、妻の言葉が私の手や耳にそのまま残っている。とても不思議な感覚で、そろそろ私も母と妻の所へ行くのだろうかと思ったが怖くはなかった。あるがままにそれまでを過ごしていければそれで良いと心から思えた。人生を振り返ってみるとつらいことや悲しいことも多くあったし、やり残したこともあるように思う。ただ、幸せだったと思う。

《二度目の京での生活でも多くの人と交流し、色々なことを成すことができた。再会を果たした方、初めてお会いした方と様々ではあったが、皆様には本当によくして頂いたと思う。それでも、最も大きな出来事は私に家族ができたことであり、妻や子供には人としてあるべき姿を教えてもらった。それは母の教えとも重なる部分があり、謙虚に、真摯に、そして素直に周囲の人や音楽と向き合うことで、晩年をそれまで以上に豊かにしてくれたと思う。少しずつ人生の終わりに近づいているのは感じていたが、自分が死を迎えることは少しも怖くなかった。生きている人とは話せなくなるけれど、いつでも会いに来られるし、先に亡くなった大切な人たちに、また会えるのだから。》

１２．師の旅立ちのあと

それから数日後、八橋検校は子供そして弟子たちに囲まれて、眠るように、静かに息を引き取った。葬儀は生前の本人の意向に反して大きなものとなった。当初は身近な人だけで質素に行う予定であったが、参列を希望される人があまりにも多く、大きく執り行うしかなかったためである。葬儀が終わり納骨を済ませた後も人の波が途切れることはなく、子供や弟子たちは、改めて八橋検校という人が周囲に与えていたものの大きさを知った。大きな式は謙虚だった八橋検校を戸惑わせているかもしれないと思ったが、案外様子を見ながらいつものように静かに微笑んでいるかもしれない、そんな風にも感じられた。

余談にはなるが、この後から葬儀を行ったお寺の近くのお茶屋さんが、八橋検校に因んだお菓子を売り始めている。

後の世まで残ったお箏の形を模った八橋である。

１３．後の世の八橋流

八橋流、現在では箏曲を嗜んでいる方でも耳にしたことのない方もおられると思います。ただ箏曲の祖といわれる流派ですから、ここまで読み進めて下さった方には、ぜひ続きもお読み頂き、箏曲の歴史の一部をお話として知っていただけましたら幸いです。

八橋検校亡き後、北島検校そして生田検校など優秀な弟子たちにより、八橋検校の意思は引き継がれていきました。

生田検校は、早速爪の改良を行いました。北島検校も爪の改良はしていましたが、八橋検校に遠慮して発表しなかったという説もあるようです。ここから、北島検校は控えめなところがあり、八橋検校を立てることを最優先していたのではないかと推測することができます。一方の生田検校も八橋検校を尊敬はしていたけれど、自分が良いと思ったことは実行に移す性格だったのではないかと思われます。いずれにしても、良いところは残しつつ箏曲が発展していく礎を作ったことについては間違いないと思います。

近年では名前を聞くことの少ない八橋流はそのまま途絶えてしまったわけではなく、現在まで継承されている事がわかっています。≪１１． 再び京へ≫の章に出てきた小野お伏は松代真田家二代目信政の側室となりました。信政の父が信之、叔父が幸村、祖父が昌幸、信政の子・信就は真田勘解由家の祖という家系です。お伏の母は小野お通。お通は公家や武家、さらには寺家といった権力者や、真田信之と交流がありました。その繋がりからか、後に娘のお伏は信政の側室になります。信之は関ヶ原の戦いにおいて徳川側につきましたが、父と弟は豊臣側でした。戦いの後、信之の懇願により父と弟は高野山に流されたものの、真田家のお取り潰しは免れました。ただ、信之自身は信濃上田から松代への配置換えを命じられてしまいます。これについて信之は不本意であったでしょうが、家を守ることは当時の最優先事項でしたから受け入れざるを得なかった考えています。しかし文化の保存、伝承という観点では、松代は江戸や京から隔離された場所であったことから最適な状況だったように思います。また側室のお伏は松代に住むことはなかったようですが、生まれ育った京や息子のいる江戸と松代を行き来していたのではないかと思われます。そのなかで、京では八橋検校から、江戸でもそこに住む八橋検校のお弟子たちから八橋流のお箏を学ぶ機会があり、それを松代に持ち帰ることもあったと考えています。それは、信之をはじめとして真田家には学問や芸事を重視する家風があり、藩士や町人にも嗜むことを奨励していたといわれているからです。このような環境の中で、八橋流のお箏を芸事の一つとして大切にしていたと推測できます。

そして実はもう一つ、真田家には八橋流との縁があります。八橋検校が江戸で扶持を受けていた内藤家の風虎の弟・頼直に信政とお伏の娘が嫁いでおり、さらに信政の息子・幸道の後見人に風虎の父・内藤忠興が命じられています。また内藤家が窮状に陥った際には真田家が金銭的な援助を行ったという資料も残っており、両家の間には八橋検校の八橋流という共通点もあってか強固な絆があったと想像されます。

このような恵まれた、あるいは特殊といえる環境の中で八橋流は原形に近い形で継承されていたのでしょう。明治・大正・昭和と時代が移り変わって、お箏を弾く人口が減少の一途を辿っても、家を大事にする人々の中で大切に受け継がれていったのだと思います。

そして今から60年ほど前、ラジオで『八橋流は途絶えたと思われる』と流れた言葉を偶然聞いていた真田志んという方が八橋流の奏者として名乗り出たことで、現存していることが広く認知されたのです。これは偶然が重なった結果であり、私たちにとってはとてもありがたい出来事でした。しかもこの方の卓越した記憶力と演奏力のお陰で、演奏は聴く者の心を奪いました。私はレコードでその音と歌を聴かせていただきましたが、初めの一音で江戸時代初期に自分が引き入れられたかのような、仏様のような暖かくも力強い演奏でした。現在も松代で八橋流としてお箏を弾いている人はおられますが、楽器は現代のものでしたし、私が拝聴した時には現在の生田爪を使用していましたので、やはり八橋検校の時代のまま残していくことは難しいことなのかもしれません。また八橋流を継承していって下さっている方々の努力には頭が下がる思いですが、何とか原形も残し、後の世まで繋いでいって欲しいと切に願っております。

ただこれは八橋流だけが置かれている状況ではなく、他の流派や日本楽器・音楽についても同様ではないかと思っています。そしてこういったの伝統芸能を後世に残していくためには演奏家や楽器の制作者を絶やさないことが何より大切なことだと思うのです。

ある方に言われたことがあります。

「絶やしたくなければ、一音で魅了する音を出せ。不朽の音楽を作れ。」

模索の旅は終わりません。虹の橋のもとへ行けるようにあがくしかないのです。

【八橋検校にまつわる年表】

奈良時代以前		大井神社建立
7世紀後半	〜 8世紀後半	万葉集編纂
810	〜 850	仁明天皇
?	〜 839	藤原沢子（仁明天皇の女御であり、人康親王の実母）
831	〜 872	人康親王
1008		源氏物語　文献初出　紫式部による長編物語
1110	〜 1124（?）	今昔物語　日本最大の説話集
1124		中尊寺金色堂の上棟
平安時代末期	〜	奥州藤原氏初代清衡〈きよひら〉
		馬場城建立
1180		伊豆石橋山の戦い
1288	〜 1339	後醍醐天皇

1305〜1358	足利尊氏
1300?〜1371	明石覚一（足利尊氏の従弟）
1397	鹿苑寺金閣（通称：金閣寺）　開基　足利義満
1416	上杉禅秀の乱
1457	江戸城完成
1590	徳川家康　江戸城へ
1614	のちの八橋検校　生誕
1619	内藤頼長（のちに俳号：風虎）　生誕
1621頃	のちの八橋検校　摂津（現在の大阪府北中部辺り）にて山野井検校のもとで修行を始める
	城秀と名乗る
1624頃	城秀　三味線の分野で活躍し始める
寛永年間（1624−1685年）	城秀　三味線の八橋流をおこす

【八橋検校にまつわる年表】

1633頃	城秀　江戸へ移り住む
1636（寛永13年）	城秀　山住勾当に
1639（寛永16年）	山住勾当　上永検校に
1640～1647（?）	八橋検校となる
1644	箏組歌作曲
1648	八橋検校　箏曲の八橋流を創立
1651（?）	八橋検校の母　逝去
1659	北島検校　松平大和守邸にて演奏
	風虎の正室　逝去
1660	柳川検校　後水尾院に御前演奏
1661	風虎　継室を迎える
1662	八橋検校　松平大和守邸に数か月仕える
1663	八橋検校　藤本箕山を頼り京へ移り住む
1685（貞享2年6月）	八橋検校　京にて逝去（享年71才）

【文末脚注】

［1］生まれ故郷

八橋検校の生誕地は小倉（福岡県）、京都・大阪など諸説あるが、本書ではいわき説を基にしている。これは代表曲の一つである「みだれ」の中にいわきをみることができるからで、寒い季節の深々と経過していく密やかな時間や暗い中でも折れない芯の強さ、また暑い季節の日向も爽やかで日陰の水はひんやりと冷たい感覚、からイメージしている。

［2］いわき（福島県）

江戸時代は「岩城」と表記されており、菊多郡・磐前郡・岩城郡・楢葉郡の四つの地域を指す。現在では双葉郡富岡町といわき市勿来町の範囲。

［3］秀

幼少期の名前は定かではない。山野井検校に弟子入りした時の名前が城秀であることから、この本では一文字取り「秀」とした。

［4］盲人組織の歴史

平安時代に書かれた『今昔物語』の中に出てくる琵琶法師・蝉丸は盲人であり、彼は「地神盲僧〈じしんもうそう〉」という組織に入り皇室にも理解を求めてまわったという記述がある。

その時代に生きた仁明〈にんみょう〉天皇の第四公子の人康〈さねやす〉親王は目を患い視力を失っていたが小さい頃から琵琶を嗜んでおり、その才能を愛した母の藤原沢子〈ふじわらのたくし／さわこ〉が琵琶を演奏している盲人たちをまとめる組織を作った。それが今の当道の基になっており、検校〈けんぎょう〉、勾当〈こうとう〉など官位という階級があった。

鎌倉、室町時代になると琵琶法師が中心となってその組織を守ってきたと想像され、琵琶という芸能の道は、盲人が生きていく重要な手段だったと思われる。宮中の儀式、宮廷や将軍家のお座敷での演奏の機会もあり、このころ朝廷との結びつきがあったと推測される。

〔5〕曝井

水戸市にある湧き水。古くから交通の要衝となっており、現在は万葉曝井の森という公園として市民の憩いの場となっている。万葉集には那賀郡の曝井の歌として記述があり、男女の交流の場であったとも伝えられている。後述の大井神社はこの近く。

〔6〕馬場城

現在の水戸城。当初馬場氏により城館が築かれたことから馬場城と呼ばれ、戦国期に江戸氏の城となってから水戸城となった。江戸氏の後、常陸の国の大名となった佐竹氏の居城となり、関が原後は徳川氏の城となった。以後、水戸徳川家の城として明治に至った。

〔7〕大井神社

大井神社の祭神は、最初に水戸地方を治めた建借馬命〈たけかしまのみこと〉。水戸地方で最も古い神社の一つであり、郡領宇治部氏の奉斎とされている。水戸市愛宕町の愛宕神社鎮

【文末脚注】

座の三島山は祭神の墳墓と伝えられ、県内屈指の規模である。この仲国造〈なかのくにのみやつこ〉の建借馬命は、火の国造家から別れた意富臣の一族と言われており、火の国とは古代の北九州地方の名称で、のちに肥前と肥後に分けられた。なお、肥前は今の佐賀地方で水戸の始まりと関連が深い。また、大井神社の近くにある愛宕山古墳〈あたごやまこふん〉は、建借馬命の墳墓と伝承されている。

［8］万葉集

奈良時代（7世紀後半～8世紀後半）に編纂された日本最古の歌集。全20巻に約4500首の歌が収められており、作者が幅広い階層（天皇から農民）に及んでいること、歌が詠まれた土地が日本各地（東北から九州）に及んでいることが特色の一つである。

［9］上杉禅秀の乱

応永23年（1416年）10月、犬懸上杉家の氏憲（禅秀）が鎌倉公方足利持氏にそむいた争乱のこと。持氏と不和で、山内上杉家の憲基の関東管領就任などに不満をもった禅秀が、室町幕府4代将軍足利義持の弟義嗣と持氏の叔父満隆らとはかって挙兵した。一時は鎌倉を掌握したものの、翌年正月に禅秀と満隆は敗れ自害した。

［10］江戸

江戸という名前〈江〉の〈戸〉という意味から来ており、川の出入り口を表す〈川口〉がもとになっている。江戸城の近くには平川が流れており、その川口周辺の名前であったといわれている。

［11］浅草寺（せんそうじ）

最初は600年頃に駒形に設立されたが、900年ごろに現在の場所に移設された。近くの隅田川で漁をしていた兄弟の網に観音様がかかり、その話をきいた兄弟の主人が自分の家を寺にして浅草寺と名付けたのが始まりといわれている。

その後、平将門の乱の後にこの辺りを治めることになった平公雅が現在の場所に移し、その浅草寺を中心に徐々に人が集まって浅草の町が栄えていった。また、徳川家の祈願寺でもあった。

［12］徳川家康

戦国時代から江戸時代初期の日本の武将。江戸幕府初代将軍。戦国時代に小田原城を守っていた北条氏が豊臣秀吉へ降伏し、関東六か国（伊豆・相模・武蔵・上総・下総・上野）は徳川家康の領国となった。入府後は遠浅の入り江や海辺の葦の茂った湿地帯（現在の東京下町の大部分）の埋め立てを行い住居や商業地域の拡大を図った。特に日比谷から大手町方面にかけては浅い入り江が袋状に奥深く入り込み、江戸城の下まで達していた記録がある。

［13］江戸太郎

現在の江戸近郊の水運を支配していた武家。

伊豆石橋山の戦いで敗れた源頼朝は安房国（千葉県）に落ちのびて力を蓄え、上総、下総を経て市川から武蔵進出を試みたが、その時隅田川周辺で江戸太郎と戦っている。当時江戸太郎は隅田川を含む地域を支配する一大勢力であったが、最終的には降参して源頼朝の渡河を助けた。

［14］太田道灌と江戸城完成

将軍のお世継ぎ問題に端を発した関東の騒乱により江戸氏が没落し、将軍勢力の太田道灌が江戸の支配者となった。周囲の勢力を抑えるため利根川下流域に城を築いたが、この時代の江戸城はまだ石垣ではなく土塁であった。

［15］内藤頼長（のちに俳号：風虎）

1619年9月15日、磐城平藩2代藩主・内藤忠興の長男として誕生。1670年（寛文10年）12月3日、父の隠居により家督を継ぎ、弟・遠山政亮に1万石を分与して湯本藩（のちの湯長谷藩）を立藩させる。防風林の植樹や仏閣や寺社の再建などの藩政を行いながらも、奥州俳壇の始祖と呼ばれるほどの教養人でもあった。和歌では「夜の錦」、「桜川」、「信太の浮島」、「六百番俳諧発句集」、「六百番勝負付」、「七十番句会」など多くの著作を残しており、また儒学者の葛山為篤に命じて磐城風土記の編纂に当たらせた。本文に記載の通り近世箏曲の父と言われる八橋検校を専属の音楽家として五人扶持で召し抱え、箏組歌の歌詞の編集に協力したといわれている。

［16］摂津に加賀都と城秀の二人の座頭の三味線名手あり

寛永年間の初めに加賀都（のちの柳川検校）とともに三味線の名手だった。京都鹿苑寺住職の鳳林承章の日記『隔蓂記』の寛永期に当代名人之二人之内」と記されている。

［17］法水

筑紫箏曲創始者賢順の弟子で箏曲奏者。

［18］賢順

諸説あるが、1533年に周防国大内氏の家匠宮部家に生まれたといわれている。天文年中（7歳の時）善導寺で得度出家、永禄年中（1558-69、13歳の時）明人鄭家定から琴瑟箏の音曲を学ぶ。この後、寺に伝わる筑紫箏を学び、雅楽と俗箏を基にして秘曲を編んだなど伝えられている。元亀元年（1570）の頃に戦いを逃れて川副郷南里の正定寺に移り、門下を集めてその養成に努めた。38歳のとき、多久の天叟安順に招かれて多久邑に移り住み、還俗して諸田姓を名のった。その没年も種々伝えられ、文禄2年（1593）60歳、元和9年（1623）77歳、または寛永13年（1636）90歳など諸説ある。

［19］勾当

当道の階級のひとつで、後醍醐天皇の勅定によって定められた護官制度（盲人に官位を与える制度）に基づいているが。この制度は当初平安京都の当道職屋敷にて運用されていたが、江戸時代になって同じ当道職屋敷が関東にも作られ運用されるようになった。

階級は大まかには4官で、上位より

座頭〈ざとう〉↓勾当〈こうとう〉↓別当〈べっとう〉↓検校〈けんぎょう〉であり、それぞれの官も細かく分かれており、全部で16階からなっていた。ひとつずつ昇進していく度に官金と呼ばれるお金の上納が必要で、検校になるまでに700両以上必要であった。これは現在の金額に換算すると5000万円以上であり、支援者が必要不可欠だったのではないか思われる。

なお最初に検校となったのは明石覚一〈あかしかくいち〉（1299?~1371）といわれており、盲人が経済的に独立できるように鍼灸を身に着けることを奨励したともいわれている。足利尊氏は従弟であり、その庇護のもとにあったと思われる。

［20］藤本箕山

京在住の町人。1626年に裕福な町人の家に生まれ、若くして遊びの道へ入る。また松永貞徳門で俳諧を学んだことでも知られている。古筆目利（めきき）にもすぐれていたようで、『顕伝明名録』（1652）を著わし，のちには古筆目利を職業とした。また家運が傾いてから大坂新町の評判記『まさりくさ』（56）や『色道大鏡』を完成させた。この本の中で、八橋検校の母を扶持してくれていた山住は藤本箕山の家来。八橋検校は山住某に扶持を受けていたという説もある。

［２１］箏組歌

組歌には三味線組歌と箏組歌があり、三味線組歌のほうが先に作られた。柳川検校も三味線組歌に関わったことで知られており、これは三味線の歌のある最古の楽曲といわれている。箏組歌の中には八橋検校の作曲とされているものが１３曲あり、箏曲の規範曲として大切に伝承されている。流派によって若干の異同はあるが、これらを含め現在３０を越える曲が伝えられている。形式には決まりがあり、六四または七五調4句形式の歌を6首ずつ組合せて1曲とし、１歌は１２８拍　（６４拍子）　という、特定の作曲形式があることが特徴。

［２２］平調子（ひらぢょうし）

八橋検校の最も重要な功績のひとつ。陰を含む5音階で構成され、従来より落ち着いた響きとなることが特徴。それまでメジャースケールで奏でられていた音楽が、マイナースケールの平調子の登場で日本人の心に深く浸透するようになったと思われる。

［23］北島検校

生年不詳、1690年没。城名（じょうな）は城春（じょうしゅん）。八橋検校の弟子。1645年（正保2年）検校になり、1658年から1673年にかけて江戸の松平邸で箏組歌、平曲、三味線組歌を演奏したとされている。組歌の手法の改善や爪の改良などを行ったが、自らはそれを公表せず弟子の生田検校に伝えたのちに逝去したという説もある。

［24］後水尾院〈ごみずのおのいん〉

1596年に、後陽成天皇の第三皇子として生まれ、1611年（慶長16年）、16歳で即位。徳川秀忠の娘和子（まさこ）を中宮とした。幕府より多額の援助を受けていたが朝廷の弱体化には協力的でなく、紫衣事件がきっかけとして皇女である興子（おきこ）内親王に譲位した。またそれ以後51年にわたり院政をしき、影響力を保ち続けた。和歌を重んじ、廃絶しかけていた宮中行事の復活に尽力し、朝廷の風儀の立て直しに努めた。1651年（慶安4年）、出家し法皇となった。1680年没。

［25］小野お通の娘・お伏

本文にある通り、京にて八橋検校から箏曲を2年程度教わったと推察している。それ以前にも顔を合わせる機会はあったが、八橋検校が京で暮らし始めた頃には様々な階級の人がお箏を習うことができる環境になっており、この時期に師事したとするのが自然と考えている。このお伏からの数奇な繋がりが、戦後八橋流の最後の人といわれた真田志んへとつながり、かろうじて当時の様子を知ることができる。

［26］十老

当道の行政機関の職の名称。検校就任順10人目までがその職を務め、最高位は惣検校。それ以下は二老、三老などと数字を冠してよばれ、当道座はこの十老の合議で運営されたといわれている。

【あとがき　～この本への私の想い～】

この本は八橋検校という現代の箏曲の礎を築いた人物に焦点を当てています。箏曲がどのように始まり、発展する機会を得たのかをその時代の生活や文化を織り交ぜながら、ライトな読み物に仕上げております。資料の少なさや私の浅学さもあり、こういった分野を専門にされている方から見れば不十分、不正確な個所もあろうかとは思います。さらに多くの方にお話を伺う中で、資料から離れ空想して書き綴りました部分もあります。そういう意味ではフィクションとしてお読みください。一人でも多くの方に箏曲に興味を持って頂きたい思いでこのような形をとらせて頂きました。既に箏曲に親しんでいらっしゃる方には日本の作曲家について考えるきっかけになり、そして日本の伝統楽器・音楽の歴史にも興味を持っていただく一機会にと思い綴りました。また箏曲の事を全く知らない方にも、少しでも歴史を感じながら箏曲について理解して頂けるように書いてみました。

年齢や職業など幅広い分野の方々に目を通して頂き、少しでも箏曲をはじめとする日本の伝統芸能の維持、発展のお役に立てれば幸いです。

この本を書くにあたり、麻井紅仁子先生そして故葛原眞様はじめ多くの方々にお世話になりました。この場をお借りして、お世話になりました皆様とこの本をお読みくださいました方々に、心よりお礼申し上げます。

２０２４年１月

元井美智子

【参考文献】

家の手紙　富岡日記の周辺　真田淑子編　ドメス出版
家の譜　真田淑子著　株式会社風景社
江戸の食文化【和食の発展とその背景】
原田信男編　小学館
小野のお通　真田淑子著　株式会社風景社
近世箏曲の祖　八橋検校　十三の謎　釣谷真弓著　株式会社アルテスパブリッシング
検校の系譜　真田淑子著　金子印刷
国立劇場芸能鑑賞講座　日本の音楽〈歴史と理論〉
岸辺茂雄、吉川英史、小泉文夫、星旭、横道萬里雄著　国立劇場発行
箏と箏曲を知る事典　宮崎まゆみ著　東京堂出版
箏の家　真田淑子著　株式会社風景社
箏の道　須山知礼著　白水社

地歌箏曲研究　久保田敏子編　京都市立芸術大学 日本伝統音楽研究センター

先師の足跡　中塩幸祐著　箏曙会

日本音楽史　田辺尚雄著　東京電機大学出版部

日本音楽の歴史　吉川英史著　創元社

日本の盲人史　正・続　中山太郎著　八木書店

ひとすじの白い道　川野楠己著　箏曙会

八橋流箏曲歌詞解題　真田淑子著　キョウワ出版社

【参考音源】

筝曲八橋流全集　演奏：真田新　解説：吉川英史　録音：Toshiba RECORDS

【参考楽譜】

筝曲八橋流表組全曲　真田淑子著　キョウワ出版社

地歌・筝曲　組歌楽譜全集　菊原初子編譜　平野健次解説　白水社第1章

八橋の虹

2024年 5月24日　　初 版 発 行

著 者　　元井美智子

発行所　株 式 会 社　三 恵 社
〒462-0056 愛知県名古屋市北区中丸町2-24-1
TEL 052 (915) 5211
FAX 052 (915) 5019
URL http://www.sankeisha.com

ISBN978-4-86693-952-0 C0021